가족, 버려도 되나요?

당신과 닮았을지도 모를 _ 나의 가족 이야기

가족,
버려도 되나요?

고바야시 에리코 지음
정재선 옮김

책으로여는세상

꼭 슬픈 일이라고는 생각하지 않는다

이 세상에 똑같은 가족은 존재하지 않는다. 이 세상에 똑같은 불행도 존재하지 않는다. 나는 우리 가족을 행복한 가족이라 생각하지도 않지만 불행하기만 했다고도 생각하지 않는다. 그런 상반되는 감정을 가지면서 나는 내 가족에 대해 생각한다. 마치 먼 고향을 생각하는 마음과 아주 비슷하다.

'가장 개인적인 것이 가장 사회적인 것이다'라는 말이 있다. 나는 우리 가족이 작은 국가였다고 생각한다. 힘 있는 자가 전권을 휘두르고, 그 밖의 사람들은 따를 뿐이었다. 다만 어딘가 사랑이란 것이 있었을 뿐이다.

아버지

아버지는 일요일이면 아침부터 술을 마셨다. 그리고 오후가 되면 친구가 없던 나를 불러 경륜장에 데려갔다. 아이가 갈 곳은 아니었지만 나는 아버지와 함께 가는 것이 즐거웠다.

경륜이 무엇인지 몰랐기에 당연히 재미없었다. 나는 그저 경륜장 입구에서 받은 동물 모양의 과자를 소중하게 껴안고, 붉은색 연필을 손에 쥐고 우승 선수를 예상하는 아버지를 흥미 있게 바라볼 뿐이었다. 내가 지루해하면 아버지는 어묵이랑 인절미를 사 주었다.

경륜장에서 나온 뒤에는 늘 선술집에 갔다. 나는 콜라를 마시고 아버지는 맥주를 마시며 영화 이야기를 했다. 아버지 이야기는 재미있었고, 가끔 용돈을 주는 것도 나를 즐겁게 했다.

엄마

아버지에게 가정 폭력을 당하고 있던 엄마는 늘 무표정한 얼굴이었다. 그렇다고 특별히 불평을 한 것은 아니었다. 그저 말없이 집안일만 했다. 내가 학교에 가지 않는 날이면 엄마는 식빵 테두리를 잘라 기름에 튀긴 뒤 설탕을 뿌려 주었다. 정말 맛있었다.

어느 날이었다. 늦은 밤중에 집에 돌아온 아버지에게 매를 맞고 난 엄마는 눈물을 글썽이며 내게 물었다.

"엄마 이혼해도 돼?"

엄마는 이전에도 이혼하고 싶다는 말을 가끔 했다. 하지만 그날은 좀 다른 뉘앙스로 들렸다. 예전 같으면 "이혼해"라고 무미건조하게 말했겠지만 그날은 달랐다. 무엇 때문인지 모르지만 나는 "이혼하면 싫어!" 하고는 울어 버렸다. 아마 이혼이 현실로 다가오자 무서웠던 것 같다. 그 뒤 엄마는 십여 년 동안 가정 폭력과 정서적 학대를 당하면서도 참고 살다가 예순이 넘어 이혼을 했다.

오빠

오빠와는 비교적 잘 지내는 편이었다. 아르바이트를 해서

받은 돈으로 내게 학용품을 사 준 적도 있고, 같이 컴퓨터 게임도 했다. 다만 아버지의 폭력을 보고 자란 탓인지 내게 늘 폭력적이었다. 아버지를 보면서 약한 사람에게는 폭력을 써도 된다고 배워 버린 오빠는 가족 중 가장 약한 존재인 내게 폭력을 행사했다. 가끔은 아무 이유 없이 때리기도 했다.

추운 겨울날이었다. 오빠에게 맞다가 맨발로 쫓겨난 적이 있다. 울면서 한참을 대문 앞에 서 있었다. 아무도 도와주는 사람이 없었다. 나는 집 앞 공원으로 가서 그네에 혼자 앉아 있었다. 눈물은 이미 말라 버렸고, 별빛이 빛나는 공원에 혼자 있는 나 자신이 무척이나 불쌍하게 느껴졌다.

그때 아버지가 나를 찾으러 왔다. 순간, 아버지가 마치 신처럼 느껴졌다. 아버지가 나를 도와주려고 온 것은 그때가 처음이자 마지막이었다.

우리 가족

우여곡절 속에서 우리 가족은 20년이라는 긴 시간을 함께 보냈다. 하지만 지금, 아버지와는 10년 이상 만나지 못했고 연락처도 모른다. 오빠도 만나지 못했다. 엄마와는 가끔 연락을 하지만 1년에 한 번 볼까 말까 한다. 우리 가족은 완전히 부서지고 말았다.

하지만 무조건 슬픈 일이라고는 생각하지 않는다. 무리를 해 가면서까지 가족 형태를 유지해 나가는 것이 오히려 더 불행한 것일 수도 있기 때문이다.

우리 가족에게 한 가지 자랑스러운 점이 있다면 세상에 유일무이한 가족이란 사실이다. 아마도 우리 가족과 같은 행보를 한 가족은 없을 것이다.

이 슬프고도 사랑스러운 가족의 역사가 누군가의 가슴에 발자취를 남긴다면 그보다 더한 의미는 없을 것이다.

| 차례 |

01

아버지에게
착신 거부를
당하다

아버지에게 전화를 걸었다. 번호를 누르는 손끝이 떨렸다. 두근거리는 마음으로 전화기를 귀에 대고 있었지만 아무 소리도 들리지 않았다. 무슨 일일까? 다시 한번 침착하게 번호를 눌렀다. 역시 아무 소리도 들리지 않았다. 통화 중이라면 뚜뚜뚜 소리라도 났을 것이다. 부재중 연락을 안내하는 기계음 소리도 들리지 않았다.

컴퓨터를 켜고 '핸드폰, 전화를 걸어도 아무런 소리가 들리지 않음'이라는 말로 검색을 해 봤다. 통화 상태가 나쁘거나 핸드폰 고장, 착신 거부가 원인이라고 했다. 마지막 '착신 거부'라는 단어를 본 순간, 가슴이 쿵 내려앉았다.

"아버지라면 그럴지도 몰라."

무심코 내 입에서 그런 말이 나왔다.

3년 전, 아버지가 살고 있는 고모 집으로 전화를 했다. 고모와 말다툼이 벌어졌다. 고모에게 아버지와 통화를 하고 싶다고 했다. 고모는 내게 몇 년 동안 연락도 없더니 웬일이냐고 했다. 나는 아무런 대꾸도 하지 않고 아버지를 바꿔 달라고만 했다. 잠시 수화기를 내려놓고 사라졌던 고모는 다시 전화를 받았다. 아버지가 전화를 받고 싶어 하지 않는다고 했다.

놀란 나는 다시 한번 아버지를 바꿔 달라고 했다. 잠시 수화기를 내려놓았던 고모가 다시 돌아와서는 여전히 아버지가 나와 통화하기를 원하지 않는다고 했다.

"엄마에게 아버지가 쓰러지셨다는 소식을 들었어요. 걱정이 돼서 전화 드린 거예요. 혹시나 돌아가시면 어쩌나 하는 마음이 들었어요."

내 말에 고모의 목소리가 단번에 바뀌더니 이렇게 말했다.

"아버지가 죽는다고? 말도 안 되는 소리를 하는구나."

고모는 아주 빠르게 말을 쏟아냈다. 내가 나쁜 사람이며, 내가 아버지의 유산을 노리고 전화를 했다는 것이었다. 나는 전혀 그런 마음이 아니었다. 아버지에게 돈이 별로 없다는 것을 잘 알고 있었다. 비록 많다고 해도 갖고 싶은 생각은 전혀 없었다.

나는 몇 년째 아버지를 만나지 못했고 아버지가 돌아가시면 다시는 만날 수 없기 때문에 오랜만에 목소리라도 듣고 싶어 전화했다고 말했다. 고모는 내 말을 믿지 않았다. 내가 말을 많이 하면 할수록 오히려 고모의 의심만 증폭시키는 꼴이었다.

"아버지가 죽어도 네게 알리지 않을 거야."

고모는 그렇게 말하고 전화를 끊어 버렸다. 아버지가 죽어도 딸인 내게 연락하지 않겠다는 것인가? 옆에서 초조하게 듣고 있던 엄마에게 고모 이야기를 전했다.

설날이 되어 집에 돌아왔지만 집에는 엄마뿐이었다. 당시 엄마와 아버지는 별거 중이었다. 엄마는 고모 말에 기분이 상했는지 아무 말이 없었다.

그 뒤 대만에 가기 위해 여권을 새로 만들 일이 있었다. 그때 호적 등본이 필요해 시청에서 발급을 받았다. 그런데 호적 등본에 엄마가 없었다. 내가 모르는 사이 아버지와 엄마가 이혼을 했던 것이다. 나중에 알고 보니 내가 아버지와 통화하고 싶어 고모 집에 전화를 했을 당시, 두 사람은 이혼 조정 중이었던 것이다.

'아아, 우리 가족은 왜 이러는 걸까?'

혼자뿐인 아파트에서 머리를 감싸고 웅크린 채 깊은 한숨을 내쉬었다. 우리 가족은 오래전에 부서졌지만 그래도 그럭저럭 가족의 형태는 유지하고 있었다. 그런데 부모님의 이혼으로 완전히 해체되고 말았다.

나는 이미 성인이었기 때문에 부모님의 이혼 사실에 슬프다거나 불행감을 느낀 것은 아니었다. 하지만 충격을 받은 것은 사실이다.

아버지가 최악의 사람이었다는 것은 오래전부터 알고 있었다. 그 때문에 엄마가 고생을 많이 한 것도 알고 있다. 그런데도 두 사람이 이혼하지 않고 살고 있었다는 것은 조금이라도 애정이 있었다는 이야기다. 그런데 이제 그것마저 없어지고 말았다. 나는 그 점이 슬펐다.

◇◇◇◇

엄마는 홋카이도 출신이다. 고향에서 상업고등학교를 졸업하고 취업을 위해 도쿄로 나온 엄마는 백화점에서 판매원으로 일했다. 그때 아버지를 만났다. 엄마 말에 따르면 아버지는 조금 이상한 사람이었다고 한다. 데이트를 할 때 커피숍에 들어가면 커피를 시키지 않고 아이스밀크를 시켰다고 한다.

영화광이었던 아버지는 엄마를 데리고 영화관에 자주 간 모양이었다. 도쿄 긴자에서 영화를 보고, 근처 선술집으로 가서 술을 마신 적이 많았다고 한다. 그렇게 아버지와 엄마는 연애라는 것을 했다.

어느 날, 엄마는 집안 사정으로 갑자기 홋카이도로 돌아가야 했다. 그러자 아버지가 엄마를 찾아 홋카이도까지 왔다고 한다. 아버지는 끈질기게 엄마에게 매달렸다. 그런 아버지의 모습을 보고 엄마는 결혼을 결심했다고 한다.

"지금 생각해 보면 네 아버지는 스토커였어."

언젠가 함께 차를 마시던 엄마가 작은 목소리로 말했다. 정열인지 광기인지 알 수 없었던 아버지의 애정 행각. 엄마는 찬장에 있던 결혼반지를 보여 주었다. 백금 반지는 오랜 시간이 지났는데도 빛이 바래지 않았다.

"버릴까도 생각했지만 비싼 거 같아서…."

엄마는 반지에 새겨진 브랜드를 보여 주었다. 나는 액세서

리 브랜드에 대해서는 잘 몰랐기 때문에 그 반지가 어느 정도 하는 것인지 몰랐다. 나와 엄마는 이야기를 계속했고, 엄마는 계속해서 반지를 손에 꼭 쥐고 있었다.

◇◇◇◇

나는 정신질환을 앓기 시작하면서 엄마와 사이가 좋지 않게 되었다. 다행히 일을 시작한 후 상태가 좋아져 나중에는 엄마와 좋은 관계를 유지할 수도 있었다.

연말이나 연초에 엄마 집에 가면 대개 아버지 이야기로 시간을 보냈다. 아버지는 구제불능이었기 때문에 둘이 아버지에 대한 불만을 늘어놓기 시작하면 멈출 수가 없었다.

아버지는 대단한 술꾼이었다. 아침이면 꼬박꼬박 회사에 출근했지만 밤에는 늘 술을 마시고 늦게 들어왔다. 초인종이 쉴 새 없이 울려 나가 보면 취한 아버지가 어깨로 초인종을 누른 채 대문에 기대어 있었다. 얼굴은 붉다 못 해 검게 보일 정도로 취해 있었다.

"잘난 내가 돌아왔습니다."

아버지는 헤롱거리며 그렇게 말했다. 엄마는 말없이 아버지를 부축해 집 안으로 데리고 들어왔다. 물을 마시게 해 주고, 이불을 펴서 눕혔다. 이런 일은 밤마다 되풀이되었다. 비 오는 날 집 어귀에 있는 물웅덩이에 엎어져 있는 아버지를 발견해 오빠가 업고 온 적도 많았다.

가끔은 멀쩡한 상태로 돌아오기도 했다. 하지만 그게 더 지옥이었다. 아버지는 결코 스스로 양복을 벗지 않았다. 언제나 엄마가 벗겨 주게 했다. 그리고 식탁에서 반찬을 안주 삼아 술을 마셨다. 당연히 기분이 좋아 마시는 술이 아니었다. 술을 마시고 나서 기분이 좋아지는 것도 아니었다. 완전히 그 반대였다.

아버지는 온갖 구실을 갖다 대며 엄마를 괴롭혔다. 마지막에 가서는 엄청나게 화를 내며 식탁을 걷어차거나 식탁 위의 반찬들을 집어 던졌다. 나와 엄마는 공중을 날아가 바닥에 떨어진 계란말이와 야채볶음을 주워 쓰레기통에 버려야 했다.

"누구 덕에 밥 먹고 사는 줄 알아? 다 내 덕이야!"

아버지의 마지막 말은 언제나 이런 식이었다. 어린 나는 그 말에 아무런 대꾸도 할 수 없었다. 수입의 대부분을 아버지에게 의지하고 있던 엄마 역시 마찬가지였다. 그런 폭력적인 행동과 정서적 학대를 일삼으면서도 아버지는 가끔 내게 이렇게 물었다.

"에리코는 아빠 좋아해?"

아버지의 물음에 내가 하는 대답은 늘 똑같았다.

"취하지 않은 아빠는 좋아요."

그것은 사실이었다. 어른이 된 뒤 술 마시는 일이 늘면서 나는 아버지의 기분을 이해할 때가 있었다. 술을 마시는 것은 스트레스를 해소하기 위한 것도 있었지만, 마음이 허전하고 슬플 때가 더 많았다.

술을 마시면, '아빠 좋아해?'라고 묻던 아버지가 떠오른다. 아버지는 불안했던 것일까? 아이가 부모를 싫어하게 되는 일은 사실 흔치 않다. 하지만 몇 번이나 물어보았던 아버지를 생각하면 아버지 마음에는 뭔가 깊은 어둠이 있지 않았을까, 하는 생각이 든다.

◇◇◇◇◇

돌이켜보면 나는 아버지의 어린 시절에 대해 아는 것이 별로 없다. 아버지가 어디서 태어나 어떻게 자랐는지 잘 모른다. 히로시마가 고향이라고 들은 적은 있지만 호적은 시부야로 되어 있었다.

우리 집에는 오래된 흑백사진이 걸려 있었다. 그 사진 속의 인물은 할아버지의 어머니, 곧 내게는 증조할머니였다. 그런데 남편인 증조할아버지의 사진은 없었다. 나는 그 점이 늘 궁금했다. 어른이 되고 나서야 엄마에게 들을 수 있었다. 증조할머니는 어떤 남자의 애인이었다고 한다. 증조할아버지의 사진이 없는 것은 그 때문이었던 것이다.

할아버지는 60세라는 젊은 나이에 돌아가셨다. 할아버지와 할머니는 먼 친척이었다. 할아버지의 사진을 본 할머니가 애타게 그리워해서 결혼하게 되었다고 한다. 그런데 결혼하자마자 전쟁이 터지는 바람에 할아버지는 시베리아에 억류되고 말았다. 할아버지를 남겨 놓고 일본으로 돌아온 할머니는 가게 종업원으로 일하며 아버지와 고모를 키웠다.

젊었을 때의 할머니 사진을 본 적이 있다. 기모노를 입고 화장을 해서 그런지 상당히 미인이었다. 그런 할머니의 어깨를 감싸고 있는 양복 입은 남자가 있었다. 아쉽게도 어깨 쪽에서 사진이 잘려 나가 누군지는 알 수 없었다. 다만 할아버지가 아니었던 것은 분명한 것 같다. 할아버지였다면 얼굴 부분이 찢겨 나갔을 리 없다.

아버지와 고모는 어릴 때 외로움을 많이 겪었던 모양이다. 밤이 되면 할머니가 일을 하러 가는 바람에 늘 둘이서만 지냈다고 한다. 아버지는 히로시마 사탕수수 밭에서 몰래 딴 사탕수수를 먹으며 외로움과 굶주림을 견뎠다고 한다.

어쩌면 아버지는 아직 어린 시절의 상처가 아물지 않았는지 모른다. 남편이 아닌 다른 남자에게 안겨 있던 자신의 어머니를 생각하며 마음이 텅 비어 있었던 것은 아닐까? 그런 것을 생각하면 아버지가 내게 몇 번이나 '아빠 좋아해?'라고 물었던 것이 조금도 이상하지 않다.

아버지는 아직도 애정에 굶주려 있다. 그래서 많은 여자와 바람을 피웠는지도 모른다. 그렇다고 그것이 정당하다고는 생각하지 않는다. 나는 아버지를 생각할 때마다 블랙홀처럼 입을 벌리고 있는 아버지의 고독을 떠올린다.

02

아버지와 함께 갔던 영화관

토요일은 언제나 느지막이 일어난다. 혼자 사니까 다른 사람의 눈치를 보지 않고 실컷 늦잠을 잘 수 있다. 잠깐 눈을 떴다가 다시 잠이 들었다. 나는 자고 있을 때가 가장 행복하다.

10시가 넘어서야 겨우 일어났다. 어슬렁거리며 욕실로 들어가 샤워를 했다. 오늘은 친구 아들 치군과 며칠 전에 개봉한 영화 「스파이더맨」을 보러 가기로 했다.

세탁기가 돌아가는 동안 텔레비전 아침 뉴스를 본다. 커피메이커에서 갓 뽑아낸 커피 향이 온 집 안에 가득하다. 행복한 아침이다. 커피를 마시며 어제저녁에 사 둔 크루아상을 데워 먹는다.

뉴스가 끝나고 새 영화가 소개되고 있었다. 영화를 좋아하는 나는 빵 먹는 것을 잠시 멈추고 집중해서 텔레비전을 본다. 빨래가 다 됐다는 알람이 울린다. 세탁기를 열어 빨래통으로 옮겨 담은 뒤 베란다로 나가 널기 시작한다.

가족이 없는 생활은 평화롭고 행복하다. 그 누구와도 목소리 높여 싸움을 하거나 불필요한 감정 에너지를 낭비하지 않아도 된다.

옷을 갈아입고 화장을 한 뒤 아파트를 나선다. 친구의 일곱 살짜리 아들 치군과 하루 동안 놀아 주기로 한 날이다. 친구 집에 도착하니 치군은 벌써 집 밖에서 나를 기다리고 있었다. 스파이더맨을 아주 좋아하는 치군은 스파이더맨 모자를 쓰고 스파이더맨 셔츠에 스파이더맨 구두를 신고 있다. 가방에는 스파이더맨 열쇠고리가 흔들거리며 달려 있다. 나는 웃으며 치군에게 달려갔다. 그러고는 치군의 작은 손을 잡고 영화관으로 향했다.

어렸을 때 아버지와 자주 영화관에 갔다. 하지만 아버지는 아이들이 보고 싶어하는 영화를 보는 것이 아니라 자기가 보고 싶은 영화를 봤다. 아버지는 언제나 제멋대로였다.

"오, 「7인의 사무라이」 재상영한다!"

아버지는 손에 들고 있던 『빅 코믹 스피릿』이라는 만화 잡지를 내게 보여 주며 말했다. 사무라이들의 모습이 거친 선으로 그려져 있었다. 그들은 눈을 크게 뜨고 구로사와 아키라(일본의 유명 영화감독)의 명작 재상영을 노래하고 있었다. 나는 아직 초등학생이었다. 구로사와 아키라의 위대함도, 「7인의 사무라이」도 몰랐다.

"에리코, 같이 가자. 여섯 시에는 집을 나서야 할 거야!"

아버지는 나의 일요일 일정을 늘 마음대로 정했다. 친구가 거의 없던 나는 일요일에 할 일이 생기는 것이 기뻤다. 아버지는 가족 중에서 특별히 나를 좋아했다. 오빠에게는 영화를 보러 가자고 한 적이 없다. 엄마를 데리고 가는 일도 없었다.

이른 아침 아버지와 함께 전차를 타고 유라쿠쵸(도쿄의 극장 밀집 지역)로 향했다. 영화관에 도착하자 아버지와 비슷한 또래의 아저씨들이 많이 늘어서 있었다. 9시도 되기 전이었는데 굉장한 열기였다.

주위를 아무리 둘러보아도 초등학생은 나밖에 없었다. 너무 어색했던 나는 아버지 등만 뚫어지게 올려다보았다. 성급하고 참을성이 없던 아버지였지만 그때만큼은 경마 신문을 읽으며 영화관 문이 열릴 때까지 불평 없이 기다렸다.

그때만 해도 모든 자리가 자유석이었다. 아버지와 나는 극장 문이 열리자마자 좋은 자리를 차지하기 위해 재빨리 안으로 들어갔다. 아버지는 늘 하던 대로 자리에 앉자마자 경마 신문을 발밑에 깔고 구두를 벗었다. 나도 아버지를 따라 했다. 극장 안의 모든 불이 꺼지면 나는 늘 가슴이 두근거렸다. 앞으로 펼쳐질 이야기에 마음이 설렜다. 아버지도 분명 그랬을 것이다.

"난 영화와 관련된 일을 하고 싶었어."

언젠가 술에 취한 아버지는 그렇게 말했다. 그때 나는 중학생이었고, 일요일이면 여전히 아버지와 영화를 보러 갔다. 비디오 대여점이 생기면서 아버지와 영화를 보는 횟수는 더 많아졌다. 어느 날 나는 아버지에게 물었다.

"영화와 관련된 일을 하기 위해 구체적으로 준비한 게 있어요?"

아버지의 대답은 이랬다.

"영화관에 가서 뭔가 일을 시켜 달라고 했더니 필름 나르는 일을 시키더군. 자전거를 타고 옆 동네 극장까지 배달하곤 했지. 근데 몇 번 하고 나니 싫증이 났어. 그래서 그만뒀지 뭐.”

취한 아버지의 눈은 먼 곳을 바라보고 있었다. 영화와 관련된 일이라면 여러 가지가 있을 것이다. 감독이나 촬영 같은 제작진이나 배급사 아니면 평론가가 그런 것들이다. 나는 아버지가 왜 그런 일을 정식으로 배울 수 있는 학교에 가지 않았는지 궁금했다.

“아버지는 무역 전문학교에 들어갔는데 공부는 하지 않고 친구들과 어울려 놀러만 다녔다더라.”

어느 날 학교에서 돌아와 저녁 뉴스를 보고 있을 때 엄마가 한 말이었다. 엄마는 계속해서 말했다.

“학비가 무척 비싼 학교였대. 할아버지가 꼬박꼬박 학비를 대 줬는데도 졸업하지 못했다지 뭐냐.”

빨래를 개고 있던 엄마는 재미난 얼굴을 한 채 계속 말했다.

“직장도 몇 군데 다녔어. 그런데 영업직으로 발령이 나자 남에게 머리 조아리는 일은 하고 싶지 않다며 그만두고 말았지. 지금 다니는 회사는 물건을 파는 회사가 아니라 물건을 사는 회사라고 해서 들어간 거야.”

나는 엄마의 혼잣말 같은 이야기를 들으면서 ‘아버지답다’

는 생각이 들었다. 친구와 어울려 다닐 때는 틀림없이 영화관을 돌아다녔을 것이다.

아버지는 자신이 본 영화는 반드시 팸플릿을 샀다. 그러다 보니 그 수가 엄청났다. 아주 얇은 팸플릿들이었는데도 아버지가 모아 놓은 것은 라면 상자 세 개 분량이었다.

나는 틈나는 대로 그 상자를 열어 보았다. 그 안에는 스탠리 큐브릭 감독의 「2001 : 스페이스 오디세이」와 「시계태엽 오렌지」까지 있었다. 아버지는 영화를 좋아했다기보다 영화광이었다. 자연히 나도 영화에 마음을 빼앗기고 말았다. 처음에는 아버지가 추천해 준 영화를 보았지만 나중에는 내가 직접 고른 영화들을 보기 시작했다.

내가 본 영화는 이른바 명작들이었다. 구로사와 아키라와 오즈 야스지로 감독의 영화부터 스티븐 스필버그와 윌리엄 와일러 감독의 영화까지, 좋다고 하는 영화는 모두 봤다. 나는 1주일에 적어도 네 편은 봤다.

아버지는 옛날에 봤던 영화가 다시 보고 싶을 때마다 비디오 대여점에서 빌려 보곤 했다. 영화광인 아버지 덕분에 「유키유키테, 신군」(1987년 만들어진 다큐멘터리 영화. 한국에서는 「천황의 군대는 진군한다」라는 제목으로 소개되었다)이나 「사랑의 콜리다」(1976년 일본 감독이 만든 일본과 프랑스 합작영화. 한국에는 「감각의 제국」이란 제목으로 소개되었다) 같은 영화도 보았다. 내가 보기에는 너무 힘든 영화였지만 인내심을 갖고 끝까지 보기는 했다.

엄마는 교육에 나쁘다며 걱정했지만 나는 아무 말도 하지 않았다. 아버지에게 내 의견을 강하게 말할 줄 모르는 딸이었기 때문이다. 게다가 아버지가 보여 주는 영화는 영화를 좋아한다면 반드시 봐야 할 영화이기도 했다. 내가 가장 좋아한 영화는 페데리코 펠리니(이탈리아 영화감독)의 「길」이었다.

그렇게 나는 조금씩 영화광이 되어 갔고, 고등학교에 가서도 여전히 영화를 좋아했다. 하지만 또래 아이들이 보는 것과는 다른 영화들이다 보니 반 친구들과 전혀 이야기가 통하지 않았다. 자연히 친구가 없었고, 외로운 학창 시절을 보내야 했다.

◇◇◇◇◇

내 첫사랑도 영화를 무척 좋아했다. 미술 동아리 회장이었던 그는 나와 달리 엄마가 영화를 좋아해서 영화를 많이 보았다고 했다. 내가 그를 좋아한 것은 그가 아버지만큼 영화를 좋아하기 때문이었다. 영화를 좋아했던 그와는 이야기가 잘

통했다. 나눌 수 있는 이야기도 많았다.

프로이트는 여자는 아버지 같은 남자를 좋아하게 된다고 했다. 어느 정도 맞는 말인 것도 같다. 내가 그에게 끌렸던 이유가 영화였던 것은 사실이기 때문이다.

물론 그와는 잘되지 않았지만 나는 어느새 남자를 만날 때마다 그 사람이 영화를 좋아하는지 그렇지 않은지가 기준이 되고 말았다. 영화를 좋아하지 않는다고 말하는 남자를 만나면 나도 모르게 실망을 하고 만다. 그리고 무슨 이야기를 해야 할지 머리가 하얗게 되고 만다.

그런 남자를 만나면 날씨 이야기나 시답지 않은 연예인 이야기로 시간을 끌어 보지만 결국 한계가 있어 그 이야기가 그 이야기가 되고 만다. 그럴 때면 내가 재미없는 이야기를 얼마나 힘들어하는지 잘 알게 된다.

나는 아버지와 이야기하는 것을 좋아했다. 아버지의 이야기는 영화와 문학, 음악을 비롯해 다방면에 걸쳐 있어 언제 들어도 지루하지 않았다. 지금도 나는 질리도록 그런 이야기를 나누고 싶다. 하지만 지금은 그런 이야기를 나눌 수 있는 사람이 없다. 아버지와는 인연을 끊어 버렸고, 아버지 같은 남자를 만나지도 못했다.

어른이 된 지금도 나는 자주 영화를 본다. 어릴 때부터 아버지와 영화를 많이 봤기 때문인지 그 습관을 없애는 것이 무척 어렵다. 나는 영화를 보면서 아버지가 왜 그렇게 영화를 좋아했는지 생각해 본다. 내가 왜 영화를 좋아하고 계속 보고 있는지도 생각해 본다.

내가 영화를 보는 이유는 단 하나다. 한가하고 외롭기 때문이다. 집에 돌아와도 기다리는 사람이 없다. 누구를 만날 예정도 없다. 그 외로운 시간을 영화로 채운다. 영화를 보고 있을 때는 혼자가 아니다. 영화에 등장하는 많은 사람들과 여러 가지 모험을 하거나 먼 나라로 가기도 한다. 영화 속 이야기에 빠져들 때 나는 고독이라는 병의 통증을 잊을 수 있다. 영화가 재미있으면 재미있을수록 현실의 통증은 빨리 그리고 확실히 사라진다.

아버지도 나와 같지 않았을까? 멋지고 재미난 이야기에 빠져들던 아버지는 영화를 통해 고독이란 아픔을 잊으려고 애썼는지 모른다. 아무런 기쁨과 즐거움이 없는 현실에서 도망치고 싶었을 것이다.

치군과 영화를 보고 난 뒤 집까지 바래다주었다. 그런 다음 전철역 근처에 있는 곱창구이 집에서 훗피(무알콜 맥주)와 마카로니 샐러드를 시켰다. 학생 때처럼 친구들과 자주 연락을 하는 것도 아니고, 가정이나 일이 있는 친구에게는 연락하기도 어려워 혼자 술을 마시는 것이 일상화되어 버렸다.

최근에는 끊었던 담배를 다시 피운다. 담배를 피우면 머리가 어질어질하다. 그렇지만 맨정신으로 있는 것이 더 힘들다. 평생 술에 취해 있고 싶고, 평생 담배를 피우고 싶을 정도다. 다정해 보이는 젊은 커플이 바로 옆 테이블에서 곱창전골을 먹으며 즐겁게 이야기를 하고 있다.

엄마는 아버지와 데이트를 할 때 굴다리 밑에 있는 싸구려 곱창집에 자주 갔다고 한다. 그때 두 사람도 옆 테이블의 커플처럼 행복했을까? 연애는 즐겁다. 그러나 결혼 후의 생활은 결코 즐겁다고 할 수 없다. 평화롭고 행복한 일상을 지속하기 위해서는 그만한 끈기와 노력이 필요하다.

훗피를 마시고 레몬사와(레몬과 소주, 탄산음료를 섞은 음료)를 한 병 시켰다. 마땅히 시선을 둘 만한 곳이 없어 휴대폰을 들여다보았다. 메일이 와 있었다. 새로 시작한 연재물의 일러스트에 관한 것이었다. 요즘 나는 글을 쓰면서 조금씩 돈을 벌고 있다.

문득, 어릴 때 아버지가 내게 주었던 우표 앨범이 생각났다. 아버지는 어렸을 때부터 우표를 수집했다. 그 수집 앨범을 나와 오빠에게 나누어 주었다.

어느 날 앨범을 뒤적이던 나는 앨범 사이에서 손바닥만 한 신문 기사 오린 것을 발견했다. 자세히 보니 영화 평론 기사였다. 영화 제목은 들어 보지 못한 것이었다. 그 평론 기사가 왜 거기 있는지 궁금해 엄마에게 물어보니 아버지가 쓴 것이라고 했다. 아버지가 하고 싶었다던 영화 일이 평론이었을까?

생각해 보면 내가 작가로 데뷔하기 전 아버지는 글을 쓰는 나를 많이 응원해 주었다. 한창 블로그가 유행할 무렵에는 "너도 블로그를 해 보면 어때?" 하고 권한 적도 있다. 하지만 작가가 되고, 단행본을 내고, 신문에 나고부터 나는 아버지와 만나지 못했다. 아버지는 내 글을 읽어 보았을까? 아버지와는 죽을 때까지 만날 수 없는 것일까?

그마저도 확인할 수가 없어 정말 마음이 아팠다. 어제 아버지가 자주 보던 주간지에 나의 인터뷰 기사가 실렸다. 서점에서 잡지에 실린 내 사진을 보면서 아버지가 이 기사를 보았을지 궁금했다. 내 이야기가 기사가 되어 신문과 잡지에 실리고, 텔레비전 방송에 출연도 했지만 아버지한테서는 아무런 연락이 오지 않았다.

　살아 있는데도 만날 수 없다는 것은 참으로 가슴 아픈 일이다. 물론 나와 아버지의 관계가 좋았던 것은 아니다. 아버지는 내게 고함을 지르고 때리기도 했다. 그런데도 아버지가 생각나고 보고 싶은 것은 내가 아버지의 딸이라는 가족이기 때문일 것이다.

03

들어갈 무덤이 없는

엄마와 딸

오늘은 엄마와 NHK 노래자랑 챔피언 대회를 보러 갈 예정이다. 엄마가 추첨을 통해 방청권을 받은 모양이다. 시부야의 하지(일본의 유명한 충견) 동상 앞에서 엄마와 만나기로 했다.

붐비는 사람들 틈에서 나를 발견한 엄마가 작게 손을 흔들었다. 어릴 때는 엄마가 무척 크게 느껴졌는데 지금은 작게 느껴진다. 엄마의 키는 변하지 않았으니 내 마음속의 엄마가 작아진 것일 테다.

"점심은 로얄호스트(일본에서 가장 오래된 프랜차이즈 패밀리레스토랑)에서 먹자. 우리 동네에는 로얄호스트가 없잖아."

엄마 말에 시부야역 서쪽의 도겐자카 쪽으로 향했다. 점심을 로얄호스트에서 먹자고 하는 것이 왠지 엄마답다는 생각이 들었다. 아버지라면 잡지에서 찾아낸 숨어 있는 맛집에 가고 싶어 했을 것이다.

로얄호스트에 들어가 메뉴를 보는데 전체적으로 비쌌다. 엄마는 연금을 받아 살고 있었고, 나는 사무직이지만 시간제로 일하고 있었다. 두 사람 모두 돈에 여유가 없다는 사실이 슬펐다.

1천 엔대의 메뉴를 찾아 주문을 했다. 음식이 나오기를 기다리고 있는 동안 엄마의 왼손 약지를 보니 반지가 빛나고 있었다.

"그 반지… 안 빼?"

이혼한 엄마가 결혼반지를 끼고 있는 것이 이상해 물어보았다.

"이 나이에 아무것도 끼지 않은 게 그래서…."

엄마는 쓸쓸하게 웃으며 말했다.

나이가 든 여자가 혼자 살게 되면 여러 가지로 귀찮은 일들이 많이 벌어진다. 사실 여자의 인생이란 그 자체로 손해일 때가 많다. 일을 하다가도 결혼을 해 아이를 낳으면 직장을 그만 두거나 휴직을 해야 한다. 그렇다고 독신을 고집하면 저 여자, 어디 문제 있는 거 아니냐며 수군거린다.

남편이 폭력적인데도 아이가 있다면 여자 입장에서는 이혼이 쉽지 않다. 여자 혼자 아이를 키우는 것이 무척이나 어려운 이 나라에서는 남편의 폭력을 견디고 사는 여자들이 많다. 엄마 역시 그랬다.

초등학교 때였다. 한밤중에 술에 취해 들어온 아버지가 엄마에게 욕을 하며 발로 머리를 밟은 적이 있다. 그때 할머니가 집에 와 있었다. 큰소리에 잠을 깬 할머니는 그 모습을 보고 너무 충격을 받았다. 그러고는 "미안하다, 내가 아들을 잘못 키웠다"며 엄마에게 사과했다. 그런데 불과 며칠 뒤 할머니는 이렇게 말했다.

"애비가 저렇게 하는 건 너에게도 무슨 문제가 있어 그런 거 아니냐?"

아직 어린아이에 지나지 않았지만 나는 그 말을 듣고 너무 화가 났다. 할머니는 아들에 대한 애착이 심했다. 결혼한 뒤에도 아들 부부네 집을 자주 찾아왔다. 그때마다 아들이 좋아하는 음식을 잔뜩 준비해 왔다. 할머니는 결혼하기 직전까지 아들의 머리를 직접 잘라 주었다고 한다. 지나칠 정도로 귀하게 자란 아버지는 인격자가 된 것이 아니라 반대로 인격 파탄자가 되고 말았다.

내가 어릴 적, 술 취한 아버지는 밤마다 난폭하게 굴었다. 그런 아버지를 보면서 나는 늘 두려움에 떨어야 했다. 내가 이불 속으로 숨어 들어가면 아버지의 폭력이 시작되었다. 엄마를 때리는 소리가 문지방을 넘어올 때마다 소름이 끼쳤다.

그때 나는 초등학생이었지만 엄마에게 이혼하라는 말을 자주 했다. 아버지에게 맞는 엄마의 모습을 더 이상 보고 싶지 않았고, 아버지와 바닥을 보이는 부부생활을 하는 엄마마저 싫어질 것 같았기 때문이다.

하지만 언젠가 아버지를 피해 내 방으로 도망 온 엄마가 눈물을 흘리며 "에리코, 엄마 이혼해도 될까?"라고 물었을 때, 나는 선뜻 "그래, 이혼해"라고 말하지 못했다. 그때 엄마는 뭔가 결심이라도 한 듯 무척 진지한 얼굴이었다. 그 순간 내 머릿속에는 많은 생각들이 스치고 지나갔다.

엄마가 이혼을 하고 나면 이 집에서 살 수 없게 되는 것은 아닐까? 학교는 어떻게 되는 걸까? 아버지와 엄마 중 누구를 따라가야 할까? 그런 생각을 하자 덜컥 겁이 났다. 평소 "그래, 이혼해"라고 호기를 부리던 것과 달리 그날 나는 "이혼하면 싫어!" 하고는 울어 버렸다. 지금 생각해 보면 그 이후로 엄마는 이혼에 관한 이야기를 꺼내지 않았다. 그러고는 긴 세월을 견디며 살아왔던 것 같다.

◇◇◇◇

나는 십대 때부터 결혼 따위는 하지 않을 것이라 생각했다. 1년 내내 "누구 덕에 밥 먹고 사는 줄 알아?"라고 윽박지르던 아버지와 살다 보니 결혼에 대한 환상이 깨지는 것은 당연했다. 왕자와 결혼한 신데렐라도 정말 행복했는지 의심스러울 지경이었다. 대를 이을 후계자를 낳으라고 강요당했거나 왕자가 바람을 피웠을 수도 있을 것이라 생각했다. 그런 까닭에 당연히 엄마도 나의 결혼에 대해 부정적인 생각을 갖고 있을 것이라 생각했다. 그런데 알고 보니 그렇지가 않았다.

독립해 혼자 살면서 편집 회사에 다니고 있을 때니 20대 초반이었다. 어느 날 나는 자살을 시도했다. 하지만 죽지는 않았고, 다시 엄마 집으로 들어갔다. 하는 일 없이 집에만 틀어박혀 지내기 시작하면서 나는 과거를 되돌아보기 시작했다. 후

회스러움이 물밀듯이 밀려들었다.

원래 나는 미대에 가고 싶었다. 하지만 부모님의 강한 반대에 부딪혀 꿈을 이루지 못했다. 이 일을 두고 나는 엄마에게 심하게 대들었다. 그때 엄마는 울면서 이렇게 말했다.

"나는 네가 남들처럼 취직하고, 결혼해서, 평범하게 살기를 바랐단다."

멍한 얼굴로 엄마를 바라보았다. 나는 분노로 와들와들 몸을 떨었다. 그리고 큰소리로 말했다.

"평범하게라니! 엄마의 평범은 나의 평범이 아니야. 엄마의 행복은 나의 행복이 아니라고!"

나는 왜 남편의 폭력을 견디며 사는 아내인 엄마가 딸에게 같은 길을 걷게 하려는지 이해할 수 없었다. 하지만 지금이라면 엄마의 마음을 이해할 수 있을 것 같다. 딸인 내가 결혼을 하지 않는다는 것은 엄마의 삶을 부정하는 것이기 때문이다. 엄마에게는 늘 고생스러웠던 결혼 생활이었지만 적어도 딸인 나는 행복한 결혼 생활을 하기를 바랐을 것이다.

다시 일자리를 구하기 위해 무척 노력했지만 쉽지 않았다. 집 안에만 틀어박혀 생활하는 날들이 계속되자 엄마는 내게 성형수술을 권했다.

"에리코, 엄마가 돈을 대줄 테니 성형수술을 하는 게 어때? 에리코는 왼쪽 눈이 작고 균형이 안 맞잖아."

나는 엄마에게 성형수술을 하라는 모욕적인 권유를 받았지만 성형수술을 할 생각이 전혀 없었다. 내 얼굴에 칼을 대는 것도 싫었고, 성형수술을 한다고 내 인생이 달라지지 않을 것이란 것도 잘 알고 있었기 때문이다.

엄마는 내게 성형수술을 권한 이유를 확실히 말하지는 않았지만 얼굴이 예뻐지면 결혼하기가 좀 더 쉬워질 것이라 생각했던 것 같다. 여자가 얼굴을 고치는 이유는 남자들의 마음에 들기를 바라는 욕구에 뿌리를 둔 것은 사실이다.

직장을 구하지 못하면 결혼을 통해 영구 취업을 하면 된다, 이것이 엄마의 생각이었다. 결혼해서 전업주부가 되면 '보통'의 틀 속으로 들어가게 된다는 것을 나도 잘 알고 있었다. 하지만 얼굴이 예뻐진다고 결혼 상대가 생기는 것은 아니다. 게다가 그 결혼이 행복할 것이라는 보장도 없다. 그런 사실은 엄마도 잘 알고 있었다. 다만 엄마로서 무엇이라도 해 주고 싶은 마음에 그런 생각이 들었을 것이다.

엄마는 홋카이도 출신이다. 홋카이도에도 삿포로 같은 대도시가 있긴 하지만 외갓집은 깡촌이었다. 엄마는 친정이 너무 멀어 결혼한 뒤에는 좀체 홋카이도에 갈 수 없었지만 내가 고등학생 때 엄마와 함께 외갓집에 간 적이 있다.

공항까지 마중을 나온 외할아버지의 차를 타고 외갓집으로 향했다. 홋카이도는 길은 넓은데 차가 별로 없어 외할아버지는 일반 국도에서 시속 100킬로미터 이상의 속도로 달렸다.

외갓집은 동네에 하나밖에 없는 과자 가게로 주민들의 사랑을 받고 있었다. 히나마쓰리(3월 3일, 여자 어린이날)에는 사쿠라 모찌를 만들고, 크리스마스에는 케이크도 구워 팔았다. 가게에는 여러 가지 과자 봉지들이 진열되어 있었다.

외할아버지는 어릴 때 과자 가게에서 고용살이를 한 적이 있었다. 그러다가 어른이 된 뒤 자신의 가게를 차렸다.

외갓집은 가게와 작업장, 살림집이 하나로 되어 있었다. 집 안쪽에 외할아버지의 일터가 있었다. 커다란 그릇들이 있고, 그릇마다 자욱하게 김이 서려 있었다. 만두를 찌고 있는 것 같았다. 나는 작업장에서 외할아버지가 일하는 모습을 호기심 어린 눈으로 지켜보았다.

"에리코, 먹을래?"

외할아버지가 갓 쪄낸 만두를 내게 건네 주었다. 따끈따끈한 만두는 믿을 수 없을 정도로 맛있었다.

"달걀 깨는 거 좀 도와줄래, 에리코?"

카스테라 주문이 들어와서 많은 양의 달걀을 큰 그릇에 깨넣어야 한다고 했다. 한 번에 수십 개의 달걀을 깰 기회는 흔치 않아 왠지 재미있을 것 같았다.

외갓집에서는 가족들이 서로 돕는 것이 특별한 일이 아니었다. 그 일 말고도 나는 몇 가지 일을 더 도왔다. 과자를 담는 종이 상자를 만들거나 반죽 중간에 팥소를 넣는 일이었다. 나는 어쩌다 하는 일이라 재미 삼아 했지만 이 집에서 아이로 살았던 엄마는 어땠을까? 엄마는 중요한 노동력이었을 것이다. 엄마에게도 어린아이다운 시간이 있었을까?, 하는 생각이 들었다.

외갓집에 있는 동안 엄마는 날마다 외출을 했다. 홋카이도까지 오기가 쉽지 않다 보니 옛날 친구들을 만나러 가는 것 같았다. 나는 그런 엄마가 부러웠다. 나는 고향에 친구가 없어 성인식에도 나가지 못했다. 엄마 나이가 되어도 애틋하고 그리워할 무언가가 있을 것 같지 않았다. 고향에 친구가 없다는 것은 고향이 없는 것과 마찬가지일 것이다.

아버지에게도 고향이 없다. 아버지의 출생지는 확실하지 않고, 내가 아는 한 학창 시절 친구는 한 사람밖에 없다. 그 점에서는 아버지와 나는 비슷하다.

온화했던 외할아버지와 외할머니는 이미 돌아가셨다. 과자 가게는 이을 사람이 없어 헐어 버렸다. 나는 몇 번밖에 가 본 적이 없기 때문에 깊은 추억이 있는 것은 아니지만 외갓집이 없어지면서 홋카이도에 갈 이유도 없어졌다. 두 분이 살아 있을 때는 외갓집에 가는 길에 가족끼리 홋카이도를 여행하거나, 어머니와 둘이 외갓집에 갈 때는 삿포로나 오타루를 여행하기도 했다.

나는 외할아버지와 외할머니의 무덤에 한 번도 가 보지 못했다. 가야 한다는 생각은 했지만 내게 홋카이도는 너무 멀었다. 두 분이 이 세상에 없는 이상, 아마 다시는 홋카이도에 갈 기회는 없을 것이다.

"엄마는 어디 묻힐 거야?"

로열호스트에서 나는 엄마에게 조금은 무례한 질문을 했

다. 엄마와 나는 모처럼 함께 로열호스트까지 왔으니 디저트로 파르페를 주문해 먹고 있었다.

"수목장 있잖아, 그게 좋다는 생각을 해."

숟가락으로 파르페를 먹던 엄마가 말했다.

"그래? 요즘 그게 유행이라고는 해."

나는 무덤덤하게 대꾸했다.

"오빠는 우리 집 마당에 무덤을 만들면 된다고 하지만 그건 좀 그렇지?"

엄마가 쓴웃음을 지으며 말했다.

"오빠 바보같이 무슨 그런 생각을 할까?"

나는 아이가 없었다. 어느 집 무덤에도 들어갈 곳이 없는 엄마와 나. 우리 두 사람은 외가에도, 친가에도 소속되어 있지 않다. 그것이 불행인지 행복인지는 잘 모르겠다.

04

아버지의 지배에서

벗어난 오빠

오늘은 아짱과 「프리큐어」(일본 애니
메이션 영화)를 보러 가기로 했다. 아짱은 치군의 동생으로 다섯
살이다. 만나기로 약속했던 전철역 개찰구 앞에 친구 에리가
아짱과 함께 서 있었다.

아짱은 아직 어린데도 머리에 별 장식을 달고 검정색 라이
더 자켓으로 한껏 멋을 부리고 있었다. 아짱은 나처럼 가족 중
에서 가장 어렸다. 여자이자 막내인 아짱에게서 왠지 나와 비
슷한 점이 느껴진다.

아짱의 손을 잡고 전철에 올랐다. 아짱의 종알거리는 이야
기를 들으면 괜히 기분이 좋아진다. 횡설수설하는 아짱의 이

야기를 듣고 있다 보면 내가 어른이 된 것 같아 자랑스러운 기분이 들기도 한다. 아짱의 손을 잡고 있으면 어릴 때의 나 자신과 손을 잡고 있는 듯한 착각을 일으킨다. 내가 아짱과 함께 있는 것을 좋아하는 것은 어린 시절의 나 자신을 치유하기 위해서인지도 모른다.

나는 아짱에게 애정을 쏟고, 아짱을 위해 돈 쓰는 것을 아까워하지 않는다. 친구의 딸이라 어느 정도 한계는 있겠지만 기본적으로 뭐든지 해 주고 싶다는 생각이 든다.

극장에 들어가기 전 아짱을 위해 팝콘과 콜라를 샀다. 돌이켜보면 어렸을 때 아버지와 영화관에 자주 갔지만 아버지가 팝콘을 사 준 적은 없었다. 프리큐어가 악당들과 싸우는 스토리는 어른인 내게는 너무 유치하고 지루했지만 아짱이 좋아하는 것을 함께 볼 수 있다는 것에 기쁨을 느꼈다.

아버지는 내가 그렇게 보고 싶어 했던 「도라에몽」이나 '토에이 만화축제'에는 한 번도 데려가 주지 않았다. 그런 영화를 보여 주기 위해 나를 데려간 사람은 할머니와 엄마였다.

영화를 본 뒤 아짱과 산리오 샵(일본의 유명 캐릭터 매장)으로 향했다. 어렸을 때 산리오 샵을 매우 좋아했지만 돈이 없어 갖고 싶은 것을 살 수 없었다. 초등학교 시절, 한 달에 천 엔 이상의

용돈을 받아 본 적이 없다. 아무리 초등학생이었다 해도 그 돈
으로 살 수 있는 것은 거의 없었다. 나는 아짱을 향해 환하게
웃으며 말했다.

"아짱, 갖고 싶은 거 있으면 말해. 하나 사 줄게."

"정말요? 근데 뭘 골라야 할지 모르겠어요."

아짱은 기쁜 듯이 가게 안을 빙빙 돌았다. 산리오 샵은 어
른인 내게도 마음이 설레는 곳이다. 나는 즐거운 마음으로 매
장에 진열된 다양한 상품들을 둘러보며 천천히 움직였다. 매
장에는 옛날 캐릭터들을 부활시킨 상품들도 많았다.

아짱이 갖고 싶다는 마이멜로디 인형과 나를 위해 턱시도
샘 캐릭터가 그려진 포스트잇을 샀다. 나도 인형을 살까 고민
했지만 내겐 사치라는 생각에 사지 않았다.

쇼핑을 마친 뒤 우리는 근처에 있는 배스킨라빈스에서 아
이스크림을 먹었다. 곁눈질로 아짱을 바라보면서 이 아이가
오늘 하루 행복하다고 느꼈으면 좋겠다고 생각했다.

◇◇◇◇◇

영화와 쇼핑을 끝내고 에리의 집으로 갔다. 치군은 혼자 게
임을 하고 있었다.

"혼자 하지 말고 같이 해."

내 제안에 치군이 재빨리 닌텐도를 텔레비전 모니터에 연결했다. 우리 셋은 기분 좋게 마리오 카트를 시작했다. 치군과 아짱과 함께 있으면 기분이 이상해진다.

내게도 아짱처럼 오빠가 있다. 오빠와는 사이가 나빠 벌써 10년 이상 만나지 않고 있다. 나도 어렸을 때는 아짱처럼 오빠와 게임을 했다. 한 지붕 아래에서 살고 같이 게임을 했지만 어른이 되고 나면 두 번 다시 만나지 않을 수도 있는 것이 가족이다.

오빠는 나보다 세 살 많았다. 공부는 아주 못했다. 세상 사람들이 말하는 오누이 관계가 어떤 것인지 모르지만 나와 오빠는 사이가 좋지 않았다. 왜 그렇게 되었을까? 이유는 분명하다. 오빠가 나를 싫어했기 때문이다.

오빠는 나를 걱정하거나 귀여워한 적이 없다. 싸움이라도 하면 정말로 치고받았다. 어렸을 때 세 살은 신체적으로 너무 큰 차이라 나는 오빠를 결코 이길 수 없었다.

"오빠와 함께 역 앞에 있는 마트로 와."

언젠가 엄마가 집으로 전화를 해서는 그렇게 말했다. 그 말을 오빠에게 전하자 오빠는 어쩔 수 없다는 표정으로 나와 함께 집을 나섰다. 그때 나는 초등학교 저학년이었고, 오빠는 고학년이었다. 오빠는 집을 나서자마자 말했다.

"나랑 같이 걷지 마. 떨어져 걸어."

나는 놀랐지만 오빠 말을 들어야겠다는 생각에 다시 물었다.

"몇 미터?"

"100미터!"

100미터나 떨어져 간다면 같이 오라는 엄마의 말을 따르지 못할 것 같았다. 하지만 나는 오빠 말에 따라 오빠에게서 멀리 떨어져 걸었다. 저만치 작아진 오빠의 등을 바라보며 가까워지지 않으려고 천천히 걸었다. 그때, 평생 이렇게 멀리서 오빠의 뒤를 보며 걸어야 하는 것은 아닐까, 하는 서글픈 생각이 들었다.

오빠는 착한 행동과 나쁜 행동을 판단하지 못했다. 길가에 예사로 쓰레기를 버렸다. 내가 그 점을 지적하면 "나는 도시의 청소부들에게 일거리를 주고 있어"라고 했다. 너무 어처구니가 없어 내가 아무 말도 하지 않자 오빠는 이렇게 말했다.

"내 말이 너무 옳아서 아무 말도 못 하겠지?"

그러고는 흐뭇한 표정을 지었다. 그런 바보 같은 말을 해 놓고도 자신이 무슨 말을 했는지 모르는 사람이 오빠였다.

초등학교 시절, 오빠는 내게 절대적인 존재였다. 오빠에게 대든다는 것은 상상도 할 수 없었고, 나는 하인처럼 오빠가 시키는 일을 해야만 했다. 그래야 살아갈 수 있었으니까.

우유를 가져오라고 하면 냉장고에서 우유를 꺼내 컵에 부어 오빠에게 가져다주는 것은 내 몫이었다. 나는 하인처럼 오빠의 지시에 따랐을 뿐 결코 반항하지 않았다. 그래도 오빠는 불만이나 스트레스가 쌓이면 이유 없이 나를 때렸다. 엄마가 집에 있었지만 오빠의 행동에 대해서는 전혀 개입하지 않았다.

학교에서 왕따를 당하던 내가 집에서까지 오빠에게 괴롭힘을 당한다는 것은 너무 분하고 괴로운 일이었다. 그래서 나는 가능한 한 오빠와 마주치지 않도록 조심해서 생활했다.

어느 날이었다. 오빠와 함께 컴퓨터 게임을 하고 있었는데, 오빠가 이렇게 말했다.

"에리코, 아버지가 동전 모아둔 병 있잖아. 거기서 얼마만 꺼내자."

나는 깜짝 놀랐다.

"그 돈은 아빠가 모으는 거잖아! 아빠 것을 꺼내면 안 돼."

나는 오빠를 쳐다보며 쭈뼛거렸다.

"동전이 많아 몇 개 빼내도 티 나지 않을 거야. 너도 얼른 꺼내!"

나는 오빠의 말을 거역할 수 없었다. 동전이 들어 있는 술병을 눕히고 꺼내기 시작했다. 10엔짜리 동전과 5엔짜리 동전이 다다미 위에 쏟아졌다. 오빠는 그 속에서 오십 엔짜리 동전과 백 엔짜리 동전을 찾아 주머니에 넣었다. 원하는 만큼 주머니에 챙겨 넣고 나자 오빠는 내게도 동전 몇 닢을 주었다. 하지만 나쁜 짓을 하고 있다는 죄책감 때문에, 돈을 손에 넣었지만 기쁘지 않았다. 그렇게 나는 처음으로 도둑질이라는 것을 했다.

그 뒤에도 오빠는 가끔 나를 앞세워 아버지의 동전 훔치기를 계속했다. 하지만 그 일은 오래가지 못했다. 아버지가 돈이 없어졌다는 것을 알아차렸기 때문이다. 나와 오빠가 범인으로 의심받았다. 나는 아버지에게 오빠가 한 일에 대해 말할 수밖에 없었다.

"돈을 훔치는 것도 용서할 수 없지만, 동생을 유인해 끌어들인 것은 더 용서 못 해!"

아버지는 노발대발했다. 오빠에게 욕설을 퍼붓고 뺨을 후

려갔다. 너무 화가 난 아버지는 거의 이성을 잃은 듯 보였다. 나보다 오빠가 더 심하게 맞았다. 나는 야단을 많이 맞긴 했지만 이제부터는 도둑질을 하지 않아도 된다는 생각에 마음은 무척 편안했다.

◇◇◇◇◇

고등학교에 들어가자 오빠는 생활이 화려해졌다. 우리가 살던 이바라키에는 껄렁껄렁한 남자아이들을 멋있다고 생각하는 사람들이 있었다. 그런 영향 때문인지 오빠는 눈 깜짝할 사이에 양아치가 되었다. 머리카락을 노랗게 물들이고, 딱 달라붙는 옷을 입었다. 귀에 구멍을 뚫고, 오토바이도 사고, 자동차 면허도 땄다.

평범한 고등학생에서 벗어나고 싶어 하는 것치고는 너무나 획일적인 일탈이었다. 머리카락을 물들이고, 교복을 줄여 입었다. 담배를 피우고, 술을 마셨다. 그런 획일적인 일탈을 보면서 나는 멋있다는 생각보다는 오히려 촌스럽다는 생각을 했다.

"에리코, 머리 탈색 좀 해."

미용실에 갈 돈이 없던 오빠는 가끔 탈색제를 들고 와서는 내게 해 달라고 했다. 나는 중학생이 되어 있었고, 오빠 친구의 남자 동생들에게 괴롭힘을 당하기도 하던 때였다. 그런 비참한 상황에서도 오빠의 말을 따라야 했다. 내가 오빠 머리에 냄새가 강한 탈색제를 바를 때면 오빠는 언제나 강압적인 투로 말했다.

"얼룩지지 않게 조심해서 발라."

고등학생이 되었지만 가족 중에서 여전히 가장 힘이 약한 존재였던 나는 오빠의 갖은 잔심부름과 하기 싫은 명령을 따라야 했다.

오빠는 고등학생이 되자 담배를 피우기 시작했다. 나는 아버지가 어떤 태도를 보일지 무척 궁금했다. 건강에 대해 대단히 관심이 많았던 아버지는 담배를 아주 싫어했다. 언젠가 엄마에게서 담배 피운 흔적을 발견하고는 느닷없이 엄마에게 주먹을 날린 적도 있다. 커피도 몸에 해롭다며 설에 선물로 들어온 커피를 버리라고 할 정도였다. 그럴 때면 엄마는 아깝다며 젤리로 만들어 먹었다.

그런데 아버지는 오빠가 담배를 피우는 것에 대해서는 이상하리만치 관대했다. 언젠가 오빠 방에서 담배 연기가 새어 나오는 것을 본 아버지는 "몸에 해로우니 너무 깊숙이 들이마시지는 마라"라고만 했다. 그 모습을 본 나는 진심으로 아버지가 한심하게 생각되었다.

육체적으로 아버지를 능가하게 된 오빠는 아버지의 지배에서 벗어나는 데 성공했지만 엄마와 나는 여자라는 이유로 평생 피할 수 없을 것이 분명했다. 그때만큼은 오빠가 부럽다는 생각이 들었다. 오빠는 무엇을 해도 용서받았고, 하고 싶은 것도 할 수 있었다.

오빠는 건축 일을 하고 싶다며 고등학교 때 건축과로 갔다. 하지만 거의 공부를 안 했기 때문에 고등학교 졸업 후 건축전문학교까지 갔지만 변변한 자격증 하나 따지 못했다. 그래도 비싼 제도판을 가질 수 있는 오빠가 부러웠다.

나는 미대에 가고 싶었지만 부모님의 강한 반대로 가지 못했다. "그냥 직장을 구하고 평범하게 결혼했으면 좋겠어"라던 엄마의 소원을 들어주기 위해 나는 이름도 없는 대학에 들어갔다.

◇◇◇◇

나는 오빠를 정말 싫어했지만 딱 한 번 오빠답게 군 적이 있었다. 초등학생 때다. 가족 여행을 떠나 수영장이 딸린 호텔에 묵었다. 나는 수영을 못했기 때문에 얕은 곳에서 물장구를 치며 놀았다. 그러다가 나도 모르게 깊은 곳으로 가고 말았다.

갑자기 물이 머리를 집어삼켰다. 물을 먹고 입으로 공기가 쿨럭쿨럭 새어 나왔다. 내 몸은 점점 가라앉아 갔고 초조해진 나는 필사적으로 손발을 놀렸다. 그런데도 몸은 점점 더 깊은 물속으로 빠져들어 갔다. 나를 구하러 오는 사람은 아무도 없었다.

'아, 이대로 죽는구나!'

그런 생각이 들었을 때 오빠가 내 손을 잡고는 얕은 곳으로 끌어내 주었다. 물을 토해 내던 나는 오빠가 옆에 있다는 사실에 마음이 놓였다. 평소 내게 못된 짓만 하던 오빠였는데, 그때만큼은 제대로 된 오빠 역할을 했다.

◇◇◇◇

오빠에게 아버지를 어떻게 생각하는지 물어본 적은 없지만 오빠는 아버지를 경멸했던 것 같다. 아버지와 엄마가 별거를 시작하고 난 뒤 아버지가 엄마에게 주는 생활비를 줄인 적이 있다. 그때 아버지에게 화를 낸 사람은 엄마가 아니라 오빠였다. 그 일이 계기가 되어 엄마와 아버지는 이혼하게 되었다.

오빠는 지금 결혼해서 아이가 둘 있다. 나는 오빠의 큰아이를 만난 적이 있다. 만났다는 표현은 오해가 있을 것 같다. 아기일 때 잠깐 안아 보았을 뿐이다. 그 아이가 태어났을 때 축하 선물로 당시 유행하던 에릭 칼의 『배고픈 애벌레』란 책을 보낸 적이 있다. 오빠는 그에 대해 아무런 답이 없었다.

지금 나는 오빠의 휴대폰 번호와 이메일 주소도 모른다. 오빠도 마찬가지일 것이다. 물론 내가 거부한 탓도 있다. 어린 시절 오빠를 생각하면 두 번 다시 만나고 싶지 않기 때문이다. 아무리 울며 애원해도 때리는 것을 멈추지 않았던 오빠는 내게 공포의 대상이었다.

내가 자살에 실패하고 집으로 돌아와 정신병원과 집을 오갈 때 오빠가 편지를 한 적이 있다.

"에리코도 아파서 힘들 거라 생각해. 나는 앞으로 에리코 같은 사람이 일할 수 있는 가게를 차리려고 해."

하지만 그 계획은 말뿐이었다. 오빠는 그런 가게를 차리지 않았고, 지금은 보일러 기사로 일하고 있다.

친구 집에서 저녁 대접을 받았다. 치군이 말했다.

"나는 우주비행사가 될 거야. 그러니 에리코 아줌마가 죽어도 장례식에 갈 수 없어. 우주에서 가려면 장례식 시간에 대지 못하기 때문이야."

치군은 약간 짓궂게 말했다. 치군의 말에 나는 이렇게 대답했다.

"괜찮아. 우주비행사가 하는 일이 더 중요해. 그리고 나는 장례식 같은 거 안 할 거야."

두 아이 모두 내가 결혼하지 않았다는 것과 자식이 없다는 것을 알고 있다. 아짱이 신경이 쓰이는지 이렇게 말했다.

"에리코 아줌마의 장례식은 엄마가 해 줄 거야."

여기서 엄마란 두 아이의 엄마이자 내 친구인 에리를 말하는 것이겠지만 나는 친구가 장례식을 치러 준다는 이야기는 들어 본 적이 없다. 나는 아짱의 말에 이렇게 대꾸했다.

"음, 그렇구나. 하지만 엄마는 바쁘지 않을까? 장례식은 치르지 않아도 별로 곤란하지 않을 거야."

장례식이란 남은 사람이 죽은 사람을 생각해서 하는 것이다. 내가 죽었다고 해서 누가 슬퍼할까? 아무리 생각해도 내 죽음을 슬퍼할 사람이 떠오르지 않는다.

"오빠가 있으니까 오빠가 해 줄까?"

내가 혼잣말로 작게 말했는데 아짱이 들은 모양이었다. 아
짱은 깜짝 놀라며 물었다.

"어? 에리코 아줌마, 오빠가 있어?"

"응, 오빠가 있기는 해."

10년 이상 만난 적이 없고, 아무런 연락도 하지 않는 오빠.
동네 양아치였으며, 길가에 쓰레기를 함부로 버리고, 누이동
생에게 돈을 훔치게 한 오빠. 눈앞에 있는 치군과 아짱은 가
끔 싸우기도 하지만 기본적으로 절친이다. 나처럼 되지는 않
을 것이다. 나는 어린 남매를 바라보면서 추하이(소주에 약간의
탄산과 과즙을 넣은 음료수)를 한 모금 마셨다. 나와 오빠에게도 이
들 남매 같은 시절이 있었을까, 하는 감상적인 기분이 들었다.

05

아버지의 꿈이
이루어진 날

"먼저 실례하겠습니다"

동료들에게 그렇게 말하고 조퇴를 했다. 오늘 밤에는 이케부쿠로(도쿄 북쪽에 있는 대표적인 상업 지역)에 있는 '에덴'이란 이벤트 바에서 일일 주점을 열기로 했다.

이 가게는 친구가 가르쳐 주었는데, 가게에 부탁하면 누구나 하루 동안 주점을 열어 자신이 만든 요리와 술을 팔 수 있다. 왠지 재미있을 것 같기도 하고, 괜찮으면 용돈벌이도 될 것 같아 해 보기로 했다. 며칠 전부터 SNS에 광고를 하고, 친구들에게 직접 메시지를 보내 열심히 사람들을 모았다.

잰걸음으로 역으로 가서 가게가 있는 이케부쿠로로 향했

다. 전철을 타고 가면서 아버지를 생각했다. 그러고 보니 아버지는 음식점을 하고 싶어 했다. 영화도 좋아했지만 맛집을 찾아 술 마시러 다니는 것을 좋아했다.

"조리사 자격증을 딸 거야!"

어느 날 아버지는 그렇게 선언했다. 그것은 진심이었다. 그날부터 아버지는 일찍 퇴근을 했고, 술을 마시지 않고 책을 펼쳐 놓고 공부를 했다. 운동 매니아였던 아버지는 늘 몸을 단련했다. 특히 윗몸일으키기를 통해 복근을 단련하는 일은 하루도 빠트리지 않았다. 그때 아버지의 발목을 잡아 주는 것은 늘 내 몫이었다. 그런 아버지는 복근 운동을 하면서도 손에서 책을 놓지 않았다.

아버지는 적당한 가게 자리를 알아보기 시작했다. '자신의 가게'라는 말은 왠지 멋있게 들렸지만 직장 생활을 한 경험밖에 없고 요리 솜씨도 대단치 않은 아버지가 과연 잘할 수 있을지 우리는 불안했다. 그렇지만 우리 가족은 아버지의 꿈에 대해서는 아무 말도 하지 않았다. 어차피 할 수 없을 것이라 생각했기 때문이다.

아버지와 같이 영화관에 간 날이면 돌아올 때 반드시 선술집에 들렀다. 아버지가 좋아하는 것은 닭꼬치였다. 전철역 근처 굴다리 밑에는 허름한 선술집들이 많았다. 고등학생인 나는 곱창구이와 콜라를 마셨고, 아버지는 술을 마셨다. 언젠가 술기운에 얼굴이 빨개진 아버지는 무척 기분이 좋은지 유쾌한 목소리로 물었다.

"에리코, 말고기 먹어 봤어?"

"말고기? 말도 먹을 수 있어요?"

나는 깜짝 놀라 되물었다.

"말고기 회를 먹어 본 적이 없구나. 아주 맛있어. 먹으러 갈까?"

우리는 선술집을 나와 전철역으로 향했다. 아버지는 걸음이 무척 빨랐다. 보폭도 나보다 커 고등학생인 나는 좀체 아버지를 따라갈 수 없었다. 나는 아버지 등을 보며 종종걸음으로 뒤따랐다. 함께 가는 사람을 배려하지 않는 것은 아버지의 인생 그 자체를 대변하는 것이었다.

전철을 갈아타고 이름도 들어 본 적이 없는 역에서 내렸다. 이바라키에서 고등학교를 다니고 있던 나는 새옷을 살 때나 시부야에 갈 정도로 시내에는 잘 나가지 않았다. 당연히 맛집 같은 것도 전혀 몰랐다. 반면 아버지는 마치 자신의 정원처럼 도쿄 거리를 휘젓고 다녔다.

아버지는 망설임 없이 어떤 가게로 들어갔다. 말고기를 파는 곳 같았다. 자리에 앉자 종업원이 메뉴판을 건넸다. 아버지는 '벚꽃고기'가 말고기를 뜻한다고 했다. 아버지는 내가 모르는 맛난 것을 많이 알고 있었다. 주문을 받아 간 종업원은 빨간 고기가 가지런하게 놓여 있는 접시를 들고 금방 돌아왔다.

종업원이 접시를 내려놓고 돌아가자 아버지는 젓가락을 들고 "어디 보자" 하면서 한 점을 집어 생강과 마늘을 갈아 만든 간장에 찍어 입에 넣었다. 나도 쭈뼛쭈뼛 손을 뻗어 한 점을 집었다. 간장에 찍어 입에 넣자 달콤한 맛과 야성적인 맛이 뒤섞인, 지금까지 먹어 본 적 없는 야릇한 맛이 났다. 그렇지만 생각보다 맛이 있었다.

"맛있네."

무심코 그렇게 말하자 아버지는 기쁜 듯이 말했다.

"그렇지, 에리코? 맛있지?"

아버지는 딸에게 새로운 것을 가르쳐 준 것에 대해 무척 만족하는 눈치였다.

"새로 시도해 본 요리야."

아버지는 가끔 이상한 요리를 만들어 가족들에게 먹어 보라고 했다. 어느 날인가 어묵에 명란젓을 끼워 넣은 것을 만들었다. 둘 다 맛없는 음식은 아니지만 합쳐지면 과연 어떤 맛일지 궁금했다.

"잘 먹겠습니다."

그렇게 말하고 젓가락으로 집어 입에 넣었다. 뭐랄까, 양쪽 재료의 좋은 점을 다 없애 버린 그런 맛이었다.

"그리 맛있지 않아요, 아빠."

내 말에 아버지는 풀 죽은 표정으로 중얼거렸다.

"그렇구나…."

그래도 아버지는 기죽지 않고 이상한 요리에 계속 도전했다. 언젠가는 또 이런 말을 했다.

"과일 튀김도 괜찮을 것 같아."

며칠 뒤, 아버지는 각종 과일에 튀김옷을 입혀 튀겼다. 사과, 감, 귤, 바나나 등등. 우리는 아버지가 만든 이런저런 과일 튀김을 먹었다.

"맛없어요, 아버지."

오빠는 한입 먹자마자 그렇게 말했다.

"도저히 먹을 수가 없어요."

엄마도 한입 먹고 젓가락을 놓았다.

"우엑!"

나는 입에 넣었던 것을 뱉어내고 말았다. 과일 튀김은 최악
이었다. 나는 속이 안 좋아 방으로 가서 누워 버렸지만 아버지
의 요리는 계속되었고, 어머니와 오빠는 계속 한입씩 먹었다.

"아! 이건 정말 맛있다."

바나나 튀김을 먹고 있던 오빠가 말했다.

"어머나, 이건 정말 맛있어요."

엄마도 동의했다.

"에리코도 먹어 봐."

엄마가 먹어 보라고 권했지만 먹고 싶지 않았다. 엄마와 오
빠는 바나나 튀김이 맛있다며 계속 먹고 있었다. 나는 어른이
되고 나서야 열대 지방에서는 바나나를 튀긴 과자가 있다는
사실을 알았다. 그러니까 아버지가 한 바나나 튀김은 이상한
요리는 아니었던 셈이다. 하지만 그때만 해도 나는 전혀 몰랐
고, 그저 먹을 만한 요리가 아니라고 생각했다.

언젠가 나만의 가게를 하겠다는 아버지의 생각은 그칠 줄

몰랐다. 어느 날 아버지는 진과 럼주, 리큐어(증류주에 과일, 크림, 허브, 향신료 등을 가하고 당분을 첨가해 만드는 술)를 비롯해 칵테일을 만드는 데 필요한 술을 잔뜩 사 왔다. 그리고 오로지 그들을 섞어 흔드는 날들이 계속되었다.

"이거 어때, 에리코?"

멋진 칵테일 잔에 거품이 가득한 액체가 들어 있었다.

"뭐예요?"

나는 읽고 있던 책을 내려놓고 미심쩍은 얼굴로 물었다.

"괜찮아, 한번 마셔 봐."

아버지의 재촉에 하는 수 없이 마셨다. 걸쭉하고 무척 단 것이 설명하기 어려운 맛이었다.

"으~ 뭘 넣었어요?"

"날달걀과 진, 리큐어를 넣어 봤는데 맛없어?"

아버지가 아쉽다는 표정으로 물어보았다.

"아빠나 마셔야겠어요."

나는 기가 막혀 그렇게 말했다. 그리고 다시 책을 읽었다. 아버지는 칵테일을 계속 만들었고, 계속 맛을 보라며 내게 건넸다. 그런 아버지의 모습은 괴짜 같았다.

자신의 꿈을 위해 매진하는 것은 나쁘지 않다. 오히려 대단한 일이다. 실제로 아버지는 조리사 자격증 시험에 한 번에 합격했다. 그날 아버지는 무척 기뻐했다. 조리사 자격증을 받아 온 날 액자에 넣어 거실에 걸어 놓기도 했다. 생각해 보니 아버지가 회사 탁구대회에서 1등을 했을 때 받은 상장도 자랑스럽게 걸어 놓았던 것 같다. 아버지는 나와 오빠의 운동회 때 한 번도 온 적이 없다. 그런 아버지가 회사 운동회 때 우리에게 응원을 오라고 했다. 아버지는 덩치 큰 어린아이였다.

조리사 자격증을 따고 잠시 들떠 있었지만 아버지는 회사를 그만두고 가게를 하겠다는 말은 하지 않았다. 적당한 가게 자리를 찾다가 못 찾은 듯했다. 가게를 하려면 돈이 필요하다. 그러기 위해서는 돈을 계획적으로 모으거나 은행에서 빌려야 한다. 하지만 아버지는 그럴 수 없었다. 단지 가게를 하고 싶다는 꿈만 가지고 있었을 뿐이다. 그 꿈만 가지고 엉뚱한 짓을 계속했던 것이다.

이럭저럭 하는 사이 아버지는 정년퇴직을 했다. 그 뒤에도 아버지는 특별한 변화를 보이지 않았다. 나는 아버지가 가게 하는 것을 포기했다고 생각했다.

"아버지, 남편이 경정장에 고기말이 주먹밥 집을 내겠다고 해요.”

외갓집에 갔을 때 엄마가 외할아버지에게 탄식 조로 한 말
이다.

“고기말이 주먹밥과 돼지고기 된장국 세트를 500엔에 팔
겠대요.”

엄마가 계속 말했다. 외할아버지는 아무 반응이 없었다. 옆
에서 듣고 있던 내가 어이없다며 한마디했다.

“아버지가 과연 경정장에 가게를 낼 수나 있을까?”

“글쎄, 오빠도 아버지를 돕고 있는 것 같긴 한데….”

엄마는 못마땅한 표정을 짓더니 그렇게 말했다. 그 일이 있
은 지 1년 뒤 다시 엄마와 외갓집에 갔다. 그때는 오빠도 함
께 였다. 외할아버지가 고기말이 주먹밥 가게가 어떻게 되었
는지 물었다. 엄마는 경정장 쪽에서 아버지를 신용할 수 없어
가게 임대를 거절했다고 말했다. 옆에 있던 오빠는 “아버지가
괴짜인 것이 탄로 났던 게 아닐까요?” 했다.

아무튼 아버지는 가게를 내지 못했다. 의사소통 능력이나
사회성이 부족한 아버지에게 경정장 입점은 장벽이 높았을 것
이다. 만약 아버지가 경정장에 가게를 낼 수 있기만 했더라면
모르긴 해도 빚을 내서라도 했을 것이다. 가족의 입장에서는

얼마나 다행스러운 일인지 모른다.

그런 아버지를 둔 내가, 지금 이케부쿠로의 주택가에 있는 허름한 카레 가게에서 손님들에게 내놓을 카레를 만들고 있다. 그때까지만 해도 나는 아버지가 조금은 바보 같다고 생각했는데, 언제부턴가 나도 가게 주인이 되어 손님에게 요리나 술을 내놓는 것을 동경하고 있었다. 그러다 보니 오늘처럼 일일 주점 이벤트도 벌이게 된 것이다.

도마를 덜거덕거리며 닭다리를 자르고, 감자 껍질을 벗겼다. 닭다리를 기름에 볶다가 색이 변하자 감자와 당근, 양파를 넣었다. 기름이 돌면 물을 넣고, 캔에 든 토마토를 넣었다. 나는 카레에 캔 토마토 넣는 것을 좋아한다. 한창 카레를 만들고 있는데 손님이 들어왔다.

"어서 오세요."

밝게 인사를 했다. 술집에서 아르바이트할 때는 큰소리로 인사하는 것이 어색했지만 내가 가게 주인이라고 생각하자 용기가 났다.

"에리코 씨가 보고 싶어 왔습니다."

빙그레 웃는 여자 손님에게 나도 웃음으로 화답했다. 가게 테마를 '정신병 서바이벌 바'라고 이름 붙인 탓인지 마음에 문제가 있는 사람들이 많이 왔다. 시간이 지나자 보드게임을 같이 하는 친구들과 집단 상담에서 알게 된 친구들이 잇달아 들어왔다. 잠시 후 가게는 만원이 되어 무척 북적거렸다.

"마마(사장님), 하이볼 주세요."

친구 또래의 손님이 마마라고 부르는 것도 기분 나쁘지 않았다.

"네에! 지금 바로 드릴게요."

냉동실에서 얼음을 꺼내 컵에 넣고 위스키와 탄산을 넣는다.

"여기 있습니다!"

"저기요, 여기 카레 부탁해요."

잇따라 주문이 들어온다.

"네네, 알겠습니다."

냄비에 불을 붙이고 국자로 냄비를 젓는다. 밥을 그릇에 담고 카레를 얹어 손님에게 내간다. 카운터에서 가게 안을 바라보면 굉장히 기분이 좋다. 손님들의 웃는 얼굴을 봐도 기분이 좋고, 그들의 말소리도 귓가에 기분 좋게 울려 퍼진다.

'아, 아버지에게도 이 기분을 맛보게 해 주고 싶다. 이 가게

라면 아버지의 꿈을 이룰 수 있었을 텐데….'

아버지는 회사에 다니면서 밤에 술집에서 일한 적이 있다. 어느 날 직접 담근 김치를 손님에게 먹게 하고 싶어 가져갔다가 혼이 난 적이 있다고 엄마가 말했다. 맛이 너무 이상했던 것이다. 아버지는 자신이 만든 요리를 모든 사람들이 먹었으면 좋겠다고 말했지만 정작 집에서는 요리를 거의 하지 않았다. 요리는 엄마가 해야 할 일이라고 생각했다.

두 사람이 별거를 시작한 뒤에도 엄마는 아버지의 부탁으로 아버지가 있는 곳에 다양한 식료품을 보냈다. 가장 많은 것이 즉석밥이었다. 아버지는 자신의 가게를 하고 싶다며 온갖 이상한 요리에 도전하기를 좋아하면서도 정작 일상에서는 밥도 하지 않았던 것이다.

"진 주세요"

"네."

손님 주문에 웃는 얼굴로 대답하면서 마음은 과거의 기억에 사로잡혀 있었다. 잔에 진을 따르면서 아버지와 함께 이 가게에서 일일 주점을 하면 재미있겠다는 생각을 해 본다.

손님의 발길이 계속 이어져 11시가 넘어서야 문을 닫을 수 있었다. 나는 기분 좋은 피로감을 느끼며 오늘 번 돈을 받아 들고 집으로 향했다.

그때는 아버지가 가게를 차리고 싶어 하는 이유를 알 수 없었는데 지금 생각해 보면 이런 것이구나, 하는 생각이 든다. 자신을 좋아하는 사람들이 자신의 요리가 먹고 싶을 때 찾아와 따뜻한 시간을 보내는 그런 곳 말이다. 하지만 아버지의 성격을 생각해 보면 결코 손님들과 잘 지냈을 것 같지 않다. 음식점은 기본적으로 손님에게 친절하고 상냥해야 하기 때문이다.

아버지는 자신이 그 누구보다 잘났다고 생각했다. 그런 까닭에 다른 사람에 대해서는 거의 신경을 쓰지 않았다. 아버지에게는 친구가 거의 없었다. 내가 알기로 학창 시절 친구가 한 명 있었는데, 그 친구 말고 다른 친구가 있다는 이야기를 들어본 적이 없을 정도다.

정년퇴직을 하고, 엄마와 이혼을 하고, 자식들과도 만나지 못하게 된 아버지는 지금 어떤 생각을 하며 살고 있을까? 사람들과 어울리기를 원했던 인생이었지만 인생의 막바지에서 아버지는 혼자가 되고 말았다.

눈을 감으면, 늘 앞서 걸어가던 아버지의 뒷모습이 생각난다. 뭐든지 급하게 했던 사람이니 오래 살지는 않을 것이다. 죽음을 앞둔 그때, 아버지 곁에는 누가 있을까?

06

그날, 누군가에게는
행복한 가족으로 보였을 우리

헤이세이 시대(1989년 1월 8일 ~ 2019년
4월 30일)가 끝나고 레이와 시대(2019년 5월 1일. 일본에는 지금도 왕이
존재하고 왕의 연호에 따라 연대를 사용한다) 첫날이 밝았다. 나는 자정
이 넘도록 컴퓨터 게임을 했다. 게임을 끝낸 뒤에는 아무에게
도 새해 축하 인사말을 하지 않고 이불 속으로 들어갔다.

오늘부터 10일 동안의 긴 연휴가 시작된다. 원래는 아무 데
도 갈 계획이 없었다. 하지만 두 번 다시 오기 힘든 10일 연휴
라 엄마에게 가기로 해 놓은 터였다. 4월 초에 그 사실을 엄마
에게 알렸더니 엄마는 미토(이바라키 현 중부에 있는 작은 도시)에 숙
소를 잡아 놓을 테니 여행을 가자고 했다. 그렇게 해서 연휴

동안 이바라키 북쪽을 여행하게 되었다.

엄마와 여행하는 것은 매우 오랜만이었다. 어렸을 때는 나름대로 가족 여행을 다녔지만 성인이 된 뒤에는 내가 제대로 된 직장 생활을 못 하면서 은둔형 외톨이로 지냈다. 그러다 보니 엄마와 마지막으로 같이 간 곳이 어딘지 기억이 나지 않을 정도로 아득했다. 더구나 집에서 나와 혼자 살기 시작한 뒤로는 엄마와 여행을 간 적이 없다.

이른 아침, 엄마와 전철을 탔다. 일찍 일어나는 것이 서툴다 보니 졸음이 몰려왔다. 전철을 타자마자 눈을 감았다. 잠시 뒤 눈을 떠 보니 사방이 온통 논이었다.

"모내기 철이네."

엄마가 연한 초록빛 논들을 바라보며 말했다.

"그러네."

나는 졸리는 목소리로 대답했다. 어렸을 때 내가 살던 곳에는 논이 많았다. 모내기를 하고 벼가 자라는 모습을 보면서 계절을 알았다. 지금 살고 있는 곳은 치바 현인데, 도쿄가 가까운 탓에 주위에 논이나 밭이 없다. 어렸을 때 자전거를 타고 논 한가운데를 달리던 것이 생각났다. 전철은 끝없이 펼쳐진

논 가운데를 달리고 있었다.

"오늘 가는 신사는 어떤 곳이야?"

엄마에게 물었다. 여행 계획은 전적으로 엄마에게 맡긴 터였다.

"오오아라이에 있는 이소마에 신사라는 곳이야."

엄마가 휴대폰으로 사진을 보여 주었다. 바다에서 불쑥 얼굴을 내밀고 있는 도리이(신사 입구의 문, 한국 사찰의 일주문과 비슷하다)가 특이했다.

"하늘님이 땅에 내려온 기념으로 도리이를 세웠대."

엄마가 인터넷에서 본 것을 말해 주었다. 나는 살짝 고개를 끄덕인 뒤 다시 눈을 감았다. 오오아라이에 도착한 뒤 이소마에 신사까지 가는 버스를 탔다. 버스 정류장 주위가 휑했다.

"그러고 보니 어렸을 때 가족끼리 오오아라이에 온 적이 있는 것 같아."

내 말에 엄마가 대답했다.

"한 번 왔었지. 에리코는 바다를 좋아했잖아."

맞다. 나는 바다를 좋아한다. 수영은 거의 못 하지만 튜브를 끼고 몸이 파도에 흔들리는 것을 좋아했다. 입술이 자주색이 될 때까지 물속에서 놀았다.

여름방학이 되면 우리는 꼭 한 번씩 가족 여행을 갔다. 지금 생각하면 그것만으로도 행복했던 것 같다. 우리는 같이 앉아 가기 위해 네 명이 마주 보고 앉을 수 있는 좌석을 확보하려고 필사적으로 노력했다. 그러고는 흔들거리는 완행열차에 몸을 맡기고 오오아라이로 향했다. 시간을 때우기 위해 트럼프 놀이도 했다. 다른 사람들 눈에는 우리 가족이 무척 화목한 가족으로 보였을 것이다.

오오아라이의 바닷가에 도착한 뒤 나는 아버지가 바람을 넣어 준 튜브를 들고 바닷물을 향해 달려갔다. 오빠도 소리를 지르며 바다로 향했다. 나는 밀려오는 파도를 온몸으로 맞으며 깔깔거렸다. 아버지는 우리가 노는 것을 가까이서 지켜보기 위해 함께 바다에 들어갔고, 엄마는 모래사장에 앉아 짐을 지켰다. 수영을 제법 할 수 있었던 오빠는 조금 멀리까지 헤엄쳐 들어갔고, 수영을 못했던 나는 발이 닿는 곳에서 해초와 함께 둥둥 떠 있었다.

"잠깐 쉬고 나서 놀아, 에리코."

아버지의 말을 듣고 물가로 나왔다. 모래사장에 검고 물렁물렁하고 긴 생물이 있었다.

"해삼이야, 에리코. 이거 먹을 수 있는 거야."

아버지가 해삼을 가리키며 말했다.

"너무 징그럽게 생겼는데 먹는 거라고?"

놀란 얼굴로 아버지를 바라보았다. 어린 내게 아버지는 무척 박식해 보였다.

"은근 맛있어. 먹어 볼래?"

아버지는 허허 웃으며 그렇게 말했다. 돗자리를 펼쳐 놓고 앉아 있던 엄마는 나와 아버지가 다가가자 배고프다고 했다.

"그럼 저기 휴게소에 가서 뭐라도 사 와. 나와 에리코가 짐을 보고 있을 테니."

아버지의 말에 엄마는 후드 티를 걸치고 지갑을 손에 쥔 채 모래사장 끝에 있는 휴게소를 향해 걸어갔다. 나와 아버지는 누워 일광욕을 했다.

"몸에 모래를 덮어 줘."

아버지가 시키는 대로 아버지 몸에 모래를 퍼부었다. 마치 모래 장난 같아 무척 재미있었다. 나중에는 오빠도 재미있다며 아버지 몸에 모래를 퍼부었다. 모래에 파묻힌 아버지는 기분이 좋은지 잠이 들었다. 그 사이에 엄마가 야키소바를 사 왔다.

팩에 들어 있는 야키소바에서 바다 냄새가 났다. 배도 고프고 해변에서 먹어 그런지 집에서 먹던 것보다 몇 배나 더 맛있었다. 나는 바다를 바라보며 게걸스럽게 야키소바를 먹었다. 밀려왔다 밀려가는 하얀 물결, 끊임없이 이어지는 파도 소리. 바다는 내가 모르는 먼 나라와 연결되어 있을 것이다, 그런 생각을 하자 약간 설레는 기분이 들었다.

그날은 온종일 바닷가에서 놀다가 녹초가 되어서야 집으로 돌아왔다. 돌아오는 길에 성게를 파는 사람들이 보였다. 처음에는 그냥 스쳐 지나갔는데 아버지와 엄마는 걸음을 멈추고 의논을 했다.

"저 정도 양이라면 제법 싼 것 같은데."

엄마는 그렇게 말하더니 되돌아가 껍질이 달린 성게를 한 봉지 사 왔다. 뾰족한 촉수가 움직이고 있는 성게는 아직 살아 있었다. 살아 있는 성게를 봉지에 든 채 우리는 기차를 타고 집으로 돌아왔다. 아버지는 성게를 이리저리 돌려가며 내게 보여 주며 말했다.

"여기 있는 이 구멍이 성게의 입이야. 이 입으로 다시마를 먹는 거지."

아버지는 그 부분에 칼을 넣더니 껍질을 벗겼다. 선명한 오렌지색 살과 검은 것이 드러났다.

"검게 생긴 이것이 성게가 먹은 다시마야. 이것도 먹을 수 있어."

나는 성게를 손질하는 아버지를 경이로운 눈으로 바라보았다. 손질을 마친 아버지는 오렌지색 성게 살을 큰 접시에 담았다. 집에 있는 접시 가운데 가장 큰 것이었다. 아버지는 접시에 입을 대고 성게 살을 한입 꿀꺽 삼켰다.

"와우, 너무 맛있어!"

아버지가 행복한 얼굴로 소리쳤다.

"다음은 나야."

성게를 정말 좋아하는 엄마가 접시를 들어 한입 꿀꺽 삼켰다.

"너무 맛있어!"

엄마도 행복한 표정을 지었다. 뒤이어 오빠가 접시를 넘겨받았다.

"와우, 이렇게 맛있다니!"

오빠도 감탄을 연발했다. 마지막으로 내가 접시를 받았다. 기대했던 것보다 훨씬 맛있었다. 강한 바다 향이 풍기는 성게 알의 달콤한 맛을 우리 가족은 마음껏 즐겼다. 나는 그렇게 맛있는 성게를 먹어 본 적이 없다. 내 기억 속의 바다는 그렇게 성게와 한 세트로 남아 있다. 성인이 된 뒤 여러 번 성게를 먹었지만 아무리 싱싱한 성게를 먹어도 그때 먹은 성게 맛과는 비교할 수 없다.

◇◇◇◇◇

엄마와 함께 버스에서 내렸다. 저 멀리 이소마에 신사의 커다란 도리이가 바다 가운데 우뚝 서 있었다.

"훌륭한 도리이야."

엄마는 그렇게 말하며 바닷가 쪽으로 걷기 시작했다. 나도 엄마를 따라 바닷가로 향했다. 도리이가 잘 보이는 바닷가에는 관광객들이 많이 모여 있었다.

"저런 곳에 도리이를 짓다니, 참 멋지네."

엄마가 감탄했다.

"엄마, 사진 찍어 줄 테니 저기 서 봐."

나는 엄마를 향해 스마트폰을 들어 보였다. 도리이를 배경으로 선 엄마가 활짝 웃었다. 나는 되도록 엄마와 사진을 많이 찍고 싶었다. 엄마와 나와 추억은 의외로 적고, 따로 살게 되면서 만나는 횟수도 많이 줄었기 때문이다.

바다 가운데 있는 도리이를 본 뒤 계단을 올라 본전으로 향했다. 참배객들이 줄을 서서 기다리고 있었다. 시줏돈을 준비하고 엄마와 함께 줄을 섰다. 잠시 뒤 차례가 되어 시주를 하고 향을 피웠다. 나는 곧 출간될 내 책이 많이 팔리기를 빌었다. 엄마도 뭔가 간절히 비는 듯 중얼거렸지만 알아들을 수는 없었다.

생각해 보면 엄마는 참 열심히 살았다. 술을 마시면 폭력적으로 변하고, 생활비도 제대로 주지 않던 남편과 살면서 나와 오빠를 키우느라 힘들었을 것이다. 나랑 오빠가 공부라도 잘하고 별 탈 없이 자랐으면 그나마 다행이었겠지만 오빠는 공부를 지지리도 못했고, 나는 정신질환을 앓으면서 입원과 퇴원을 되풀이했다. 엄마의 인생을 생각하면 몹시 슬프고 괴로워진다. 엄마의 인생에 행복한 때가 과연 있기는 했을까?

홋카이도에서 태어난 엄마는 '집단 취업'으로 도쿄로 나왔다가 아버지를 만나 결혼하고 오빠와 나를 낳았다. 당시 일본은 고도성장의 시기였다. 그때는 시골에서 같은 중학교 졸업자들이나 같은 지역의 또래 아이들이 집단으로 대도시 공장이나 상점에 취업하는 것이 유행이었다. 엄마도 그렇게 해서 도쿄로 오게 되었다.

그렇게 꾸민 가정이 행복했더라면 좋았겠지만 아버지는 외도를 되풀이했고, 게다가 폭력적이었다. 아버지와 함께 사는 것이 편안했다고 생각하기는 어렵다. 그런데 지금도 여전히 엄마는 힘든 삶을 살고 있다. 경제적인 여유라도 있다면 힘들었던 과거에 대한 보상을 받는다고 하겠지만 적은 연금으로 살고 있는 엄마의 생활은 결코 여유롭다고 할 수 없었다. 엄마의 얼굴에 새겨진 주름이 엄마의 노고를 말하고 있었다. 그래도 나는 엄마의 얼굴이 여전히 아름답다고 생각한다.

신사 참배를 마치고 근처 놀이 시설 쪽으로 걸었다. 5월의 바닷바람은 상큼하고 사람을 기분 좋게 만들었다.

"엄마, 아버지 말고는 사귄 사람 없어?"

걸어가면서 엄마에게 물었다.

"얼굴이 예쁘지 않았으니 인기가 없었지. 아버지 말고 사귄 사람은 없었어."

엄마는 그렇게 말하고는 입을 다물었다. 엄마의 젊은 시절 사진을 본 적이 있다. 미인이었던 것으로 기억한다. 젊은 엄마는 날씬했고, 파마를 한 모습이 무척 매력적이었다.

"음, 나도 인기 있어 본 적이 없어서 별로 할 말이 없네."

나는 그렇게 말하고는 입을 다물어 버렸다. 한참 시간이 지났다. 엄마가 불쑥 아버지 이야기를 꺼냈다.

"그러고 보니 그때 아버지가 말이야…"

엄마는 한참 동안 아버지 이야기를 했다. 슬프게도 아버지에 대한 엄마의 이야기는 원망과 욕이 대부분이었다. 불륜을 저지르고, 자기 입밖에 모르고, 술에 취해 난동을 부리는 바람에 출입 금지가 된 가게가 몇 군데 있었으며, 돈에 인색한 사람, 밉살스럽고 거만했으며, 우리 가족을 행복하게 해 주지 못한 아버지에 대한 이야기였다.

아버지에 대한 엄마와 딸의 분노는 오오아라이의 바다에 조용히 녹아들고 있었다. 아버지라는 존재에 대해 엄마와 딸이 함께 공격함으로써 나는 엄마와 정이 더 깊어지는 것을 느꼈다. 엄마와 함께 결성한 이 '불행 동맹'은 모르긴 해도 아주 오래 지속될 것 같다. 내게 있어 아버지란 딱 그 정도였다.

07

가족이
되지 못한 사람

평소와 달리 보송보송한 침대 시트
위에서 잠을 깼다. 오늘은 텔레비전 생방송 출연이 있어 시부
야에 있는 호텔에서 묵었다. 텔레비전에 출연하는 것은 이번
이 세 번째다. 재작년에 책을 낸 뒤 텔레비전과 라디오에 출연
했고 잡지에 소개되기도 했다.

지금까지 난 그 누구에게도 주목받지 못하는 인생을 살았
다. 그렇다 보니 방송에 출연하고 잡지에 소개되는 것이 기쁘
고 즐거웠다. 하지만 연예인이 아니다 보니 방송에 출연할 때
면 늘 긴장이 되었다.

방송을 본 친구들은 한결같이 당당하고 자신감 넘쳐 보였

다고 말해 주었지만 내 눈에는 말을 더듬거나 동작이 부자연스러울 때가 더 많았다. 외모에 대해서도 별로 자신이 없다 보니 화면에 보이는 내 얼굴을 보면서 '뚱뚱하고 눈이 너무 작아' 하면서 혼자 아쉬워하곤 했다.

침대에서 빠져나와 세수를 하고 이를 닦았다. 거울도 보지 않고 스킨과 로션을 바르고 머리를 빗었다. 방송국에서 마련해 준 출연 의상을 입고 거울 앞에 섰다.

"좋아, 간다!"

나 자신을 고무시키기 위해 거울 속의 나를 보며 소리 내어 격려했다. 캐리어를 끌고 호텔을 나와 방송국 쪽으로 걸어갔다. 오늘을 위해 새로 산 굽 높은 구두를 신었더니 걸음이 편하지 않았다. 굽 높은 구두를 신은 것은 처음이었다. 방송국 직원 한 명이 현관에 마중 나와 있었다. 그는 나를 곧바로 분장실로 안내했다. 전문 분장사가 메이크업을 해 주기 시작했다.

'와, 다른 사람에게 메이크업을 받다니!'

나는 속으로 탄성을 질렀다. 그때까지 다른 사람에게 메이크업을 받아 본 적이 없었다. 백화점 화장품 코너에서 체험해 보긴 했지만 그것은 그야말로 체험일 뿐이었다.

전문 분장사가 정성스럽게 메이크업을 해 주자 내 피부가 아주 고와지는 것 같았다. 나는 분장사가 사용하는 파운데이션이 어떤 제품인지 궁금했다. 하지만 어차피 내가 살 수 있는 것이 아니란 생각에 묻지 않았다. 부끄럽지만 내가 쓰고 있는 파운데이션은 5백 엔도 안 하는 가장 싸구려였다.

한때는 비싼 화장품을 열심히 발랐던 적도 있다. 하지만 경제적으로 감당할 수가 없어 그만두었다. 그렇게 가난한 내가 텔레비전에 나온다는 것이 뭔가 좀 뒤죽박죽된 것 같은 느낌이 들었다.

출연 시간이 가까워지자 스튜디오로 향했다. 텔레비전에서 자주 보던 연예인들이 카메라 앞에서 서로 인사를 나누고 있었다. 나는 대본을 들고 두근거리는 가슴을 진정시키며 스텝의 지시에 따라 의자에 앉았다. 카메라가 내 쪽을 향했다.

대사를 확인하면서 출연진들과 이런저런 이야기를 나누었다. 전날 리허설을 했지만 긴장이 되는 것은 피할 수 없었다. 긴장을 풀기 위해 허리를 쭉 폈다.

"등을 펴! 안 그러면 새우처럼 등이 굽어!"

어린 시절, 엄마는 그렇게 말하며 손바닥으로 내 등을 소리 나게 때리곤 했다. 초등학교 때는 등 교정 벨트를 착용하기도 했다. 교정 벨트를 차면 온몸이 너무 아팠다. 그런데도 새우등은 교정되지 않았고 엉뚱하게도 내 마음이 비뚤어지고 말았다.

나쁜 자세는 어린 시절의 내게 있어서 악이나 마찬가지였다. 아무리 해도 자세가 반듯하게 되지 않다 보니 죄의식까지 느껴야 했다. 그것은 내게 큰 트라우마를 남겼다. 그렇다 보니 지금도 누군가 등을 만지면 '등을 펴!'라고 하던 엄마의 신경질적인 목소리가 들리는 것 같아 깜짝 놀라곤 한다.

1부 방송이 끝나고 시청자들이 보낸 질문에 답하기 위해 프로그램 진행자와 6백 통에 가까운 팩스를 확인했다. 팩스를 고르고 있을 때 피디가 다가와 말을 걸어왔다.

"이 사람 알아요? 에리코 씨 후배라는군요."

피디가 내민 팩스에는 중학교 미술 동아리 후배이며, 당시 나를 무척 동경했다고 쓰여 있었다. 나는 너무 놀랐다. 중학교 때 나는 왕따를 당했고, 눈에 띄지도 않는 아이였다. 물론 미술부도 눈에 띄는 곳이 아니었다. 그런데 그런 곳에서 나를 알

아주고 있었다니 왠지 기분이 묘했다. 나는 피디에게 말했다.

"이 팩스, 기념으로 가져가도 될까요?"

"그럼요."

나는 그 팩스를 가방에 넣었다. 텔레비전의 영향력을 확실히 실감했다. 인터넷과는 비교할 수 없을 정도였다. 혹시 오빠와 아버지가 이 방송을 보고 있는 것은 아닌지, 조금 신경이 쓰였다. 물론 그들에게 출연 사실을 말한 것은 아니었다. 마지막 팩스를 소개하면서 길었던 생방송이 끝났다. 나는 휘청거리며 스튜디오를 빠져나왔다.

이런 일을 날마다 하다니! 연예인이나 아나운서들은 나와는 다른 심장을 갖고 있는 것 같다는 생각이 들었다. 그들은 방송을 잘 마무리한 것에 대해 서로 고맙고 수고했다는 인사말을 나누었다.

◇◇◇◇◇

방송국을 나와 집으로 가는 택시에 몸을 실었다. 방송국에서는 올 때와 마찬가지로 택시를 준비해 주었다. 스마트폰을 켜자 친구들에게서 온 몇 건의 메시지가 있었다. 간단히 답을 하고 눈을 감았다. 택시는 빠른 속도로 내 집이 있는 치바를 향해 달렸다.

학창 시절 친한 친구의 아버지가 일류 기업에 근무했는데 퇴직한 날 도쿄에 있는 회사에서 이바라키에 있는 집까지 택시를 타고 왔다고 했다. 회사가 친구의 아버지를 위해 준비해 준 택시였다. 그 이야기를 듣고 솔직히 많이 부러웠다. 그때만 해도 도쿄에서 이바라키까지 택시를 타고 간다는 것은 상상할 수도 없는 일이었다. 그런데 지금, 어이없게도 내게 그런 일이 벌어지고 있었다. 인생은 한 치 앞을 내다볼 수 없는 것 같다.

한때 나는 정신병원 폐쇄 병동에 갇혀 지냈다. 하지만 지금 나는 과거의 아픔을 잊을 정도로 주변 사람들과 좋은 관계를 맺으며 살고 있다. 이제 과거의 아픔과 헤어져야 할 때인지도 모른다. 욕을 듣고, 배신을 당하고, 불신 속에서 살았던 그 모든 것들과의 이별…. 하지만 때때로 과거의 아픔과 고통이 발작처럼 나를 엄습할 때가 있다. 나는 언제쯤 진정한 행복을 찾을 수 있을까?

아파트 근처에서 택시를 세웠다. 캐리어를 끌고 가까운 편의점으로 가 츄하이 두 캔을 샀다. 아파트에 들어서자 약간 어질러져 있는 것이 급하게 나간 흔적이 고스란히 남아 있었다. 나는 앉은뱅이 의자에 앉아 츄하이를 마셨다.

"아, 피곤해."

무의식중에 혼잣말을 하며 텔레비전을 켰다. 미리 녹화 설정을 해 둔 방송을 확인했다. 텔레비전에 비친 내 얼굴은 정말 빵빵했다. 약 부작용과 과음으로 급격한 체중 증감을 몇 번이나 되풀이한 경험이 있는 나는 어느 정도가 나의 적정 몸무게인지 잘 모른다.

정신과에 다니기 전에는 줄곧 47킬로그램이었다. 이제 그런 몸무게는 갖지 못할 것 같다. 가끔은 격렬한 다이어트를 시도할 때가 있다. 하지만 고통스러운 배고픔을 생각하면 다시 할 용기는 나지 않는다.

친구에게 전화해 방송에 대한 이야기를 했다. 나와 이름이 비슷한 에리는 대학 시절의 허물 없는 친구다.

"에리코, 정말 대단한 거 잘 알지? 너처럼 복 받은 인생도 좀처럼 없을 거야!"

에리가 경쾌한 목소리로 말했다.

"그렇지 않아. 하긴, 텔레비전에 나올 거라곤 전혀 기대하지 않았어. 그렇지만 수입도 형편 없고, 보너스도 없고, 가족도 없고…."

나는 츄하이 캔을 든 채 작게 말했다.

"암튼 난 너무 부러워! 연예인과 함께 텔레비전에 나오다니, 맙소사!"

에리는 계속 경쾌하게 말했다. 에리는 내가 부럽다고 했지만 나는 에리가 부럽다. 그녀는 결혼을 했고, 아이도 있다. 최근에는 도쿄 시내에 멋진 아파트를 사기도 했다. 그녀의 인생이 빛나고 있는 순간이다.

"그렇지 않아, 에리. 난 에리처럼 좋아하는 사람과 결혼하고 싶었어. 좋아하는 사람과 결혼해서 가정을 꾸리고 싶었다고."

술 때문인지 나는 기어이 울음을 터뜨리고 말았다. 그러고는 계속 울먹이며 말했다.

"에리는 좋아하는 사람과 결혼할 수 있어서 정말 좋을 거야. 귀여운 아이도 있고. 내가 텔레비전에 나왔다고? 그러면 뭘 해? 집에 오면 혼자야. 날 기다려 주는 사람이 아무도 없어!"

눈물이 멈추지 않았다. 결국 나는 에리를 비난하는 듯한 말을 해 버리고 말았다.

"가족을 갖고 싶어 하는 마음은 잘 알지만, 그렇다고 가족이 마냥 좋은 것만은 아니야."

에리는 날 위로하기 위해 그렇게 말했지만 쏟아지는 눈물은 멈추지 않았다.

"에리코, 피곤할 것 같아. 좀 쉬고 나면 한결 좋아질 거야."

그 말에 나는 정신이 조금 들었다.

"맞아, 어제는 리허설 때문에, 오늘도 이른 아침부터 정신이 없었어. 그래서 많이 피곤한 것 같아. 이제 자야겠어."

전화를 끊고 침대에 누웠다. 지난 시절이 떠올랐다. 처음으로 자살 시도를 하고 집에 돌아왔던 그날, 나는 엄마와 심하게 말다툼을 벌였다. 우울할 때면 꼭 그 장면이 떠오른다.

"나는 미대에 가고 싶었어! 근데 왜 엄마는 반대했어? 국문과는 정말 가기 싫었어. 그 때문에 내가 얼마나 힘들었는지 알아? 내 인생이 이렇게 망가진 것은 내가 하고 싶은 것을 엄마가 반대했기 때문이야!"

엄마는 매섭게 몰아치는 딸 앞에서 울면서 말했다.

"난 에리코가 평범하게 살기를 바랐어. 대학을 졸업하고, 취직을 하고, 결혼해서 가정을 꾸리기를 바랐어."

하지만 바로 그것이 나를 절망스럽게 하고 말았다. 엄마의 소원을 이루기 위해 미대에 가고 싶었던 내 소원이 버림받았기 때문이다.

"엄마의 행복이 나의 행복은 아니야!"

나는 엄마에게 그렇게 말했다. 엄마는 내가 결혼하면 행복할 거라고 생각했겠지만 난 오히려 결혼은 불행의 시작이라 생각하고 있었다.

나는 절망감이 팽배한 집에서 자랐다. 폭력을 휘두르는 아버지와 그런 아버지에게 의지할 수밖에 없는 엄마의 모습을 보면서 자란 나는, 그 누구에게도 의존하지 않는 사람으로 살아가겠다고 다짐했다. 당연히 결혼은 물론 아이도 원하지 않았다.

내 어린 시절은 지옥과 같았고, 아이에게 나와 같은 전철을 밟게 하고 싶지 않다는 생각이 강했기 때문에 나는 새로운 생명을 만들지 않겠다고 결심했다. 게다가 나 자신에게조차 자신 없는 내가 한 사람의 인간을 기른다는 큰일을 해낼 수 있을 것 같지도 않았다.

남자를 사귄 적은 있지만 매번 별로 좋아하지도 않는 사람과 사귀었다. 대학 때 처음으로 좋아하는 남자가 생기긴 했다. 하지만 오래지 않아 버림을 받았다. 그 뒤부터 나는 내가 좋아하는 사람과 사귀는 일은 두 번 다시 일어나지 않을 거란 생각이 들었다. 그렇다 보니 좋아한다고 고백하는 사람이 생기면 그가 누구든 상관 않고 사귀었다.

물론 사귀다 보면 상대방을 좋아하는 마음이 생길지도 모른다는 기대를 하긴 했지만 결과적으로 내게 사랑을 고백해 온 사람들은 한결같이 나를 함부로 대했다. 심지어 욕을 하거나 폭력을 휘두르기까지 했다. 당연히, 좋아하는 마음이 생긴 경우는 한 번도 없었다.

나는 그런 사람들과 사귀면서 결혼을 생각한 적이 없었다. 그런 사람과 평생을 산다는 것은 상상조차 하기 싫었다. 그들도 평생 나와 함께 있고 싶은 마음이 조금도 없는 것 같았다. 그런데 어느 순간, 남자를 바라보는 시선에 변화가 생겼다. 30대 중반에 만난 사람 때문이었다.

SNS를 통해 알게 된 그는 당시 내가 출간한 『미니 코믹북』의 팬이었다. 그림을 그린다는 그는 재미있고 상냥했다. 나는 조금씩 그를 좋아하게 되었다. 나중에는 내가 먼저 고백을 했다. 그와 함께 있으면 즐겁고 행복해서 계속 같이 있고 싶어졌다. 그는 다른 사람을 행복하게 할 줄 알고 배려할 줄도 아는 사람이었다.

복날에 함께 장어를 먹은 적이 있다. 그때 자기 그릇에 담겨 있는 장어가 더 크다며 내 그릇과 바꾼 적이 있다. 내게 차를 대접할 때도 그는 자기가 갖고 있는 잔 가운데 가장 좋고 예쁜 잔으로 대접했다.

생각해 보면 그 사람만큼 나를 더 먼저 챙겨 준 사람은 없었다. 그동안 내가 만났던 남자들은 정말 나쁜 사람들이었다. 애완견을 아파트 2층에서 던지거나, 애완견에게 뜨거운 물을 끼얹은 놈도 있다. 심지어 자기 아파트에 다른 여자가 있으면서 1년 내내 내 아파트를 드나들었던 사람도 있다. 내가 그런 사람들을 사랑할 수 없었던 것은 어쩌면 당연했는지도 모른다.

고백은 내가 먼저 했지만 착하고 배려심 많은 그가 먼저 결혼하자고 했을 땐 기뻐서 눈물이 났다. 진심으로 나는 '이 사람이라면 가족이 되어도 좋다'고 생각했다. 나는 늘 가족을 미워했는데, 그는 나의 그런 고정관념을 없애 주었다. 하지만 우리는 잘되지 못했고, 결국 헤어지고 말았다. 남은 것은 '누군가와 가족을 만들고 싶다'는 바람뿐이다.

그와 헤어진 후 좋아하는 사람이 생기지도 않았고, 특별한 일도 일어나지 않은 채 몇 년이나 지났다. 나이가 들어가면서 거울에 비치는 내 모습을 보고 내 안에 젊음이 사라지고 없다는 것을 깨달았다. 그것은 이제 남자를 사랑할 수 없을지도 모른다는 뜻처럼 느껴졌다.

나이가 들수록 여자 혼자 살아가는 것이 어려운 일이라는 것을 느낀다. 남자친구와 헤어지면서 남자의 출입이 없어지자 방문 판매업자들이 찾아오는 횟수가 많아져 아파트에 혼자 사는 것이 힘들어졌다. 나는 여자가 남자와 결혼하는 이유는 사회로부터 자신을 보호하기 위해서라는 것을 최근에야 알게 되었다.

몇 년을 일했지만 정규직이 되지도 못하고 계속해서 낮은 연봉을 받으며 생활하다 보니 남자에게 기대고 싶다는 생각이 들기도 했다. 엄마도 마찬가지였는지 모른다.

눈을 감으면 부엌에서 요리를 하던 엄마의 모습이 떠오른다. 엄마 세대의 여자들은 결혼하는 것이 당연했다. 결혼 말고는 다른 선택의 여지가 없었기 때문이다. 지금은 상황이 다르다. 계속 일을 할 수도 있고, 끝까지 결혼하지 않고 살 수도 있다. 결혼은 선택사항이다. 다만 선택할 수 있는 길은 많아졌지만 여자가 살아가야 할 길이 가시밭길임에는 큰 변화가 없다.

지금 나의 계획은 얼마간의 돈을 모아 변두리에 작은 집을 사서 고양이와 함께 사는 것이다. 꼭 사람만이 가족일 필요는 없을 것이다. 내가 돌아오기를 기다리고 나를 위로해 줄 수 있다면 동물도 괜찮을 것 같다.

때때로 인터넷에서 적당한 가격의 집들을 둘러보지만 내 책이 큰 히트를 치지 않는 한 그 꿈이 금방 이루어질 것 같지는 않다. 그런 생각을 하면 살짝 절망감을 느끼기도 한다. 나는 혼자 사는 길을 택할 수밖에 없는 것일까?

08

아들을 사랑했던
이모할머니의 마지막

저녁을 먹고 컴퓨터를 켰다. 트위터를 잠깐 들여다본 뒤 부동산 사이트에 들어갔다. 주변의 집값을 검색해 보았다. 오래된 빌라인데도 모두 비쌌다. 3천만 엔, 2천만 엔 같은 숫자를 보면 풀이 죽는다.

조금 더 변두리를 살펴보았다. 역과 도심에서 멀어질수록 가격이 떨어졌다. 이런저런 매물들을 보면서 아무래도 집을 구하는 일이 쉽지 않을 거란 생각에 한숨이 나왔다.

"평생 월셋집에서만 살아야 하나? 나이가 들면 연금만으로는 집세를 낼 수 없는데…. 노후에는 어떻게 살아야 하나!"

착잡한 마음으로 중얼거리는데 문득 한 아파트가 눈에 띄었다. 치바 현 마츠도에 있는 루비 아파트였다. 나는 그 아파트를 알고 있었다. 방 배치를 보고 내가 아는 아파트임을 확신했다.

'이모할머니가 살았던 아파트야.'

이런 식으로 이모할머니를 떠올릴 줄은 몰랐다. 그러고 보니 이모할머니를 꽤 오랫동안 잊고 있었다. 이모할머니는 친할머니의 언니다. 성도 이름도 몰랐다. 단지 마츠도에 살고 있어 우리는 '마츠도 할머니'라 불렀다.

할머니는 1년에 한 번쯤 이모할머니 집에 나를 데리고 갔다. 마츠도는 치바 현에 있는 도시들 중에는 제법 커서 백화점까지 있었다. 이모할머니는 역에서 조금만 걸어가면 나오는 큰 아파트에 살았는데, 작은 연립주택에 살고 있던 내게 이모할머니 집은 너무나 넓고 좋아 보였다.

"어머나, 에리코 왔구나."

이모할머니는 늘 다정한 목소리로 나를 맞아 주었다. 이모할머니는 넓은 아파트에 혼자 살았다. 혼자 사는 것이 이상해 보였지만 실례가 될 것 같아 물어보지는 않았다. 그때 나는 초등학교에 다니고 있었고, 혼자 사는 이모할머니 집에는 아무런 장난감이 없어 심심하고 지루해 베란다에서 아래를 내려다보며 이모할머니가 준 과자를 먹곤 했다.

두 사람이 어떤 자매였는지는 잘 모른다. 다만 그 나이가 되어서도 여전히 만나고 있다는 것은 사이가 좋다는 뜻일 것이다. 그렇지만 두 사람이 이야기를 나누면서 소리 내어 웃거나 하는 것은 본 적이 없다. 소곤거리며 이야기를 나눴을 뿐이다. 나는 하도 심심해 "잠깐 나갔다 올게요" 하고는 밖으로 나갔다.

아파트를 나와 잠시 걸어가자 작은 강이 흐르고 있었다. 나는 풀과 꽃을 뜯으며 강가를 따라 걸었다. 계절은 여름을 지나 가을로 가고 있었다. 파란 하늘에는 잠자리가 날고 있었다.

소리 없이 날던 잠자리 한 마리가 마른 나뭇가지에 앉았다. 나는 가만히 손을 뻗어 날개를 잡으려고 했다. 하지만 내 손길을 눈치 챈 잠자리는 금방 하늘로 날아가 버렸다. 나는 몇 번 잠자리랑 씨름을 하다가 겨우 고추잠자리 한 마리를 잡는 데 성공했다. 배가 빨갛게 달아올라 예뻤던 고추잠자리를 살짝 잡고는 이모할머니네 아파트까지 달려갔다.

"이모할머니! 고추잠자리 잡았어요!"

이모할머니는 고추잠자리를 보고 환하게 웃으며 말했다.

"용케도 잡았구나!"

"이모할머니, 실 주세요."

이모할머니는 바느질 함에서 실을 꺼내 주었다. 나는 얼마간의 실을 푼 다음 잘랐다. 그리고 실 끝을 잠자리 목에 묶었다.

"이렇게요 실에 매달아 날리는 거예요."

나는 초등학생답게 순진하게 말했다. 하지만 실을 묶자마자 잠자리의 목이 끊어져 버렸다. 잠자리 머리가 방바닥에 툭 떨어졌다.

"고추잠자리가 죽어 버렸어요."

잠자리는 철없는 아이의 장난 때문에 죽고 말았다. 하지만 아직 어렸던 나는 생명의 무게를 알 수 없었다. 플라스틱으로 만든 장난감이 부서진 듯한 느낌뿐이었다. 나는 죽은 잠자리를 집어 창밖으로 던지려고 했다.

"안 돼, 에리코!"

이모할머니가 조금 엄한 얼굴을 하면서 손사래를 쳤다. 이모할머니는 언제나 친절하고 상냥하게 나를 대했다. 내가 하는 일에 대해 한 번도 이러쿵저러쿵한 적이 없었기 때문에 그런 반응에 나는 조금 놀랐다.

"이리 줘 보렴."

이모할머니는 고추잠자리를 조심스럽게 휴지에 쌌다. 그러고는 옷장에서 작고 예쁜 과자 상자를 꺼내 잠자리를 살며시 집어넣더니 내게 말했다.

"잠자리 무덤을 만들어 볼까?"

이모할머니와 나는 집을 나가 강가로 갔다. 이모할머니는 인적이 드문 곳으로 간 뒤 꽃삽으로 땅을 팠다. 그러고는 잠자리가 든 작은 상자를 넣고 흙으로 덮었다.

"꽃을 좀 따올래?"

이모할머니 말에 나는 근처에 있는 들꽃 가운데 가장 예쁜 것을 골라 한 묶음 땄다. 이모할머니는 그 꽃을 잠자리 무덤 위에 올렸다.

"나무아미타불, 나무아미타불….."

이모할머니는 두 손을 모아 정성스럽게 기도를 했다. 나도 손을 모으고 기도를 했다. 내가 죽인 고추잠자리가 살아 있는 생명체였다는 것을 그때 비로소 알았다. 그동안 나는 많은 벌레를 죽였지만 그것이 좋지 않은 행동이라는 것을 내게 가르쳐 준 사람은 아무도 없었다. 이모할머니는 태어나 처음으로 내게 생명의 소중함을 가르쳐 준 사람이었다.

그 뒤로도 나는 할머니와 함께 이모할머니 집에 몇 번 놀러

갔다. 하지만 중학생이 되고부터는 가지 않게 되었다. 그렇게 몇 년을 보내고 내가 고등학생이 되었을 때 이모할머니에게 일이 벌어졌다.

어느 날 회사에서 돌아온 아버지가 괴로운 표정을 지으며 엄마에게 말했다.

"회사로 전화가 왔는데, 마츠도 이모가 루비 아파트에서 나왔나 봐. 지금 폐허나 다름없는 낡은 연립에서 소금과 된장만 먹으며 살고 있는 것 같아. 어쩌면 좋을까?"

"저기, 루비 아파트는 어떻게 하고요?"

엄마도 놀란 얼굴로 아버지에게 물었다.

"마츠도 이모에게 아들이 있어. 그 아들이 최근에 결혼했는가 봐. 그런데 그 며느리가 행실이 좋지 않은 것 같아. 마츠도 이모가 좋은 아파트에 살고 있는 것을 알고 억지로 쫓아내고는 팔아 버렸나 봐."

아버지의 말에 엄마와 나는 할 말을 잃었다.

"아마 이모님 연금에도 손을 댔는지 몰라. 이모님이 된장과 소금만으로 식사를 하는 바람에 몸이 마를 대로 말랐다고 해."

아버지는 거의 울상이었다.

"이번 주말에 이모님한테 가 봐야겠어."

아버지는 아주 슬픈 목소리로 이야기했다. 그즈음 할머니가 어떻게 지내고 있었는지는 기억나지 않는다. 아무튼 아버지가 마츠도 이모할머니를 보러 가기로 했고, 주말에 이모할머니를 만난 아버지는 이런저런 식료품을 전해 주고 왔다. 그날 저녁 아버지는 엄마에게 이렇게 말했다.

"이모님을 우리 집으로 모셔 오면 어떨까?"

엄마는 난처해하며 말했다.

"사정이 딱하기는 하지만… 여긴 좁은 연립주택이라 잘 곳도 마땅치 않고…."

그건 사실이었다. 우리 집은 방이 두 개뿐이었고, 오빠와 내가 방을 하나씩 썼다. 부모님은 거실에 이불을 깔고 잤다. 이모할머니가 머물 공간이 없었다.

"그렇긴 해. 그런데 이모님을 보고 나니 어떻게든 해야겠다는 생각이 들어."

아버지는 엄마를 비롯해 우리 가족에게는 별로 자상하지 않았는데 자기 원가족과 관련된 사람에게는 신기하리만치 살뜰했다. 그날부터 아버지는 특별한 일이 없으면 주말마다 이모할머니가 있는 곳으로 갔다. 하지만 이모할머니는 얼마 지나지 않아 병원에 입원하고 말았다.

어느 주말, 엄마와 함께 이모할머니 병문안을 갔다. 이모할머니는 큰 종합병원에 입원해 있었다. 엄마를 따라 입원실에 들어가니 뼈와 가죽만 남은 이모할머니가 눈을 감고 누워 있었다. 옛날 모습은 모두 사라지고 완전히 다른 사람처럼 보였다. 팔에는 검은 반점이 여럿 보였다. 그동안의 고통스러운 삶을 보여 주는 것 같아 마음이 아팠다.

"이모할머니, 에리코예요."

나는 누워 있는 이모할머니에게 인사를 했다. 이모할머니는 아무 말도 하지 않았다. 얼굴에는 깊은 주름이 가득했다.

"이모님, 저희 왔어요."

엄마의 말에 이모할머니가 힘겹게 눈을 조금 떴다. 그러고는 누군지 모를 사람의 이름을 불렀다.

"○○냐?"

이모할머니는 누구를 불렀던 것일까? 아들이었을까? 남편이었을까? 아니면 우리가 모르는 또 다른 누구였을까?

"잠깐 간호사실에 갔다 올게. 에리코는 여기서 기다려."

엄마는 그렇게 말하고 밖으로 나갔다. 나는 침대 곁으로 바짝 다가가 이모할머니의 까칠까칠한 손을 잡았다. 그때였다. 누군가 내게 말을 걸었다. 고개를 돌아보니 간호사였다.

"잠깐, 그쪽 가족 분?"

"네…."

내가 머뭇거리며 대답하자 간호사는 신경질이 잔뜩 난 목소리로 말했다.

"왜 기저귀를 제때 준비해 주지 않는 거죠? 벌써 오래전에 다 떨어졌다고요! 매점에 있으니까 얼른 준비해 주세요!"

간호사는 고등학생 교복을 입고 있는 내게 퉁명스럽게 쏘아붙였다. 그러더니 힘없이 눈을 감고 누워 있는 이모할머니를 거칠게 깨웠다. 이모할머니는 깜짝 놀라며 눈을 번쩍 떴다. 간호사는 난폭하게 기저귀를 갈더니 나를 보며 "얼른 매점으로 가요!" 하고는 병실을 나갔다.

지갑을 들고 병실을 나왔다. 하지만 처음 간 병원이라 매점이 어디 있는지 알 수가 없었다. 다른 사람에게 물어볼 용기도 나지 않아 이리저리 헤매다가 결국 병실로 돌아가고 말았다. 나중에 엄마에게 말해 사 오라고 할 생각이었다. 병실로 돌아오니 고함소리가 들렸다.

"돈이 너무 많이 들어 더 이상 어쩔 도리가 없다구! 도대체 입원 비용이 얼마나 드는지 알기나 한 거야?"

이모할머니 앞에서 웬 여자가 고함을 지르고 있었다. 이모할머니의 며느리인 것 같았다.

"정말 힘들어! 귀찮기만 하다고!"

이모할머니의 며느리는 소리를 지르며 살점이 거의 없는 이모할머니의 팔을 꼬집었다. 나는 너무 무서워 감히 안으로 들어가지 못하고 문가에 서 있었다. 잠시 뒤 이모할머니의 며느리가 나를 보더니 떨떠름한 표정으로 말했다.

"혹시 이바라키의…?"

"네."

나는 잔뜩 몸을 움츠린 채 고개를 끄덕였다.

"흠, 그래?"

이모할머니의 며느리는 콧방귀 끼듯 말하고는 불만 가득한 얼굴을 한 채 병실을 나갔다. 잠시 뒤 엄마가 왔다. 나는 방금 병실에서 있었던 일을 엄마에게 이야기했다. 나는 이모할머니의 며느리가 듣던 대로 나쁜 사람이라는 데 놀랐다. 이모할머니에게서 또 무엇을 뺏어갈지 궁금했다. 그런데 불과 몇 주일 뒤 이모할머니는 돌아가시고 말았다. 나쁜 며느리가 이모할머니의 목숨을 앗아간 것이다.

화창하게 갠 가을 어느 날, 이모할머니를 화장했다. 장례식도 영결식도 없이 갑자기 화장터에 간다고 해서 나는 조금 놀랐지만 더 이상 묻지 않고 집을 나섰다. 우리 가족은 모두 상복을 입고 있었다.

큰 화장로 앞에 사진이 놓여 있고, 옆에 꽃들이 장식되어 있었다. 우리는 이모할머니의 화장로라 생각해 앞으로 갔다. 그런데 가까이 가 보니 다른 사람의 사진이 놓여 있었다. 우리는 화장터를 둘러보았다. 이모할머니의 화장로는 어디에도 보이지 않았다. 날짜와 시간은 분명했다.

"이쪽이야."

오빠가 작은 손잡이가 달려 있는 허술한 문을 가리켰다. 거기에 이모할머니의 영정 사진이 걸려 있었다. 그 옆에 있는 화장로는 큰 제단이 있고, 문도 장식이 되어 있어 훌륭한데다 스님이 계속 불경을 외우고 있었다. 하지만 이모할머니의 화장로는 너무나 초라하고 볼품이 없었다. 한마디로 비참한 화장로였다. 녹슨 초록색 문에는 꽃 한 송이 없었다. 죽는 순간까지 돈 때문에 평등하지 못하다는 생각에 너무나 마음이 아팠다.

잠시 뒤 이모할머니의 며느리와 아들이 나타났다. 잔뜩 주눅이 든 얼굴을 하고 있는 아들은 허둥대고 있었다. 그 사이 한 스님이 찾아와 경을 짤막하게 외우는 것으로 모든 것이 끝났다. 순식간에 진행된 장례식이었다. 화장터를 나와 전철역으로 가는데 이모할머니의 며느리가 우리에게 다가왔다.

"장례식이란 게 돈이 많이 드는 일이네요. 20만 엔이나 들었어요. 아이고, 이제 다 끝났네. 초밥이라도 먹으러 갈래요?"

이모할머니의 며느리는 경쾌한 목소리로 말했다. 뒤따라온 이모할머니의 아들은 아무 말이 없었다.

"아니에요, 저희는 집에 가야 해서요."

엄마가 정중하게 사양했다. 아버지는 성큼성큼 앞서 걸어가고 있었다. 나와 오빠는 그 어색한 상황에서 엄마를 따라갔다.

내가 알고 있던 이모할머니는 아주 좋은 분이었다. 무엇보다 아들을 무척 사랑했다. 아들이 원하는 것은 가능하면 다 해 주고, 온갖 좋은 것을 많이 해 주며 키웠다. 하지만 결국 독하고 모진 사람을 며느리로 삼고, 이모할머니는 그 며느리에게 재산과 목숨을 빼앗기고 말았다.

이모할머니의 인생을 생각하면 분해서 견디기 힘들다. 내게 잠자리의 목숨이 얼마나 소중한지 가르쳐 주신 분이었는데 정작 이모할머니는 잠자리만도 못한 대우를 받았다.

세상은 참으로 불합리하다. 좋은 사람이 반드시 좋은 결과를 얻는다고는 할 수 없다. 오히려 나쁜 사람들이 다른 사람들의 돈을 갈취하고 그러고도 아무 탈 없이 잘살고 있는 것 같다. 그렇다고 내가 나쁜 사람이 되고 싶은 생각도, 용기도 없다. 겁쟁이인 나는 그저 있는 둥 없는 둥, 다른 사람들의 눈에 띄지 않게 조용히 숨죽이고 살고 있을 뿐이다.

문득 하늘을 쳐다보았다. 잠자리가 춤추고 있었다. 이모할머니를 조문하고 온 잠자리가 틀림없을 거란 생각이 들었다. 가을 하늘은 끝없이 높고 맑았다. 잠자리 날개가 반짝반짝 빛을 내고 있었다.

09

내게 죄책감을 안겨 주던

할머니

갑자기 기분이 우울해지더니 이내 죽고 싶다는 생각이 들었다. 난데없이 그런 생각이 드는 것은 정신질환을 앓았던 경험이 있는 내게는 흔한 일이었다.

별일도 아닌데 죽고 싶은 생각이 들 때는 참으로 괴롭다. 금요일이기 때문이기도 하고, 피로가 쌓여 있기 때문이기도 하고, 즐거운 주말인데 누구와도 만날 계획이 없기 때문이기도 하다는 것을 잘 알고 있지만, 그렇다고 괴로움이 줄어드는 것은 아니다.

결혼을 하고 가정을 꾸리는 것이 인간의 정신 건강에는 더 좋은 것인지도 모른다. 집에 나 말고 다른 누군가가 있다면 당연히 그 사람은 내게 말을 걸 것이고, 나 역시 그 사람의 이야기를 듣거나 그 사람에게 말을 걸 것이다. 하지만 나는 그런 것을 10년 이상 하지 못했다.

내게 자유로운 시간은 넘치도록 많다. 나는 언제나 그것을 주체하기 힘들어한다. 결혼한 친구들은 내가 누리는 자유로움이 부럽다고 하지만 나는 그들이 부럽다. 아이들을 키우다 보면 인생의 목표가 생기고, 날마다 해야 할 집안일들이 생긴다. 내가 부러워하는 것은 그런 일상의 소소한 행복일 것이다.

책상 서랍에서 항우울제를 꺼내 보리차와 함께 먹었다. 컴퓨터를 켜고 자판을 두드린다. 시간이 조금 지나자 속이 풀린다. 그래도 약 효과가 있어 다행이다. 하지만 심한 갈증이 나는 것은 피할 수 없다. 약 부작용이라 어쩔 수 없다고 생각하지만 목 구멍이 타는 듯 뜨거워 견딜 수가 없다. 보리차를 주전자째 꿀꺽꿀꺽 마신다.

이렇게까지 하면서 살아야 하는 것이 인생일까?, 이런 생각을 하자 갑자기 눈시울이 뜨거워졌다. 다행히 이내 정신을 차리고 일에 집중했다. 요청받은 일을 그럭저럭 해내고, 정오가 조금 지난 뒤 컴퓨터를 껐다. 오늘은 신주쿠에 나가 영화를 볼 생각이다.

전철을 타고 신주쿠로 나갔다. 영화 상영 때까지 시간이 있어 선술집에 들어갔다. 홋피 세트와 곱창찜, 닭꼬치를 몇 개 주문했다. 가게 안은 손님으로 북적였고, 혼술 하는 사람들도 여럿 있었다.

아버지는 퇴근 후 바로 집에 온 적이 없다. 아버지도 이런 식으로 술집에 들러 혼자 술을 마셨을까? 집에 가면 아이들과 아내가 있는데도 집에 가고 싶지 않았던 이유를 잘 모르겠다. 나 같으면 술집에 들르지 않고 바로 집으로 갔을 텐데 말이다.

문득 아버지가 우리 가족을 좋아하지 않았기 때문에 그런 것이 아닐까, 하는 생각이 들었다. 그 생각은 쉽사리 머리에서 떠나지 않았다. 잠시 뒤, 술값을 치르고 나와 영화관으로 향했다.

오늘 볼 영화는 신주쿠 무사시노관에서 상영하고 있는 「아메리칸 애니멀스」였다. 영화관은 좁았지만 의자는 꽤 편안했다. 잠시 뒤 영화관의 모든 불빛이 사라지고 캄캄해졌다. 나는 이 순간이 너무 좋다. 이제 나는 현실의 고민과 고통을 백지화

시킨 상태에서 낯선 세계로 떠날 것이다.

영화의 주제는 미국 대학생이 일으킨 절도 사건이었다. 「오션스 일레븐」처럼 화끈한 절도 사건이 아닌, 약간은 촌스럽고 어설펐지만 꽤 재미있어 눈 깜짝할 사이에 영화가 끝났다.

아버지는 성격이 급해 영화가 끝나면 엔딩 자막을 보지 않고 자리에서 일어났다. 그 때문인지 나도 엔딩 자막을 끝까지 보지 않는다.

아버지와 영화를 보고 나면 선술집에 가서 영화에 대해 이야기하는 것이 보통이었다. 하지만 지금의 내게는 그럴 상대가 없다. 나는 노곤한 몸을 한 채 전철을 타고 집으로 향했다.

'지루한 주말을 몇 번이나 더 보내야 죽을까?'

이런 생각을 하며 전철을 타고 가는데 맞은편에 앉은 할머니가 눈에 들어왔다. 그 할머니를 보자 친할머니 생각이 났다. 돌아가셨지만 나는 친할머니를 정말 싫어했다. 이미 돌아가신 사람에 대해 나쁘게 생각할 만큼 내가 나쁜 사람인지도 모르겠다.

할머니는 큰 단독주택에서 할아버지와 고모와 함께 살았

는데, 할아버지가 돌아가시자 조금 이상해졌다. 이웃들이 자기를 괴롭힌다며 우리에게 늘 이웃 사람들 욕을 했다. 문제가 조금 심각해지자 고모는 할머니를 위해 이사를 했다.

큰 아파트로 집을 옮겨갔지만 할머니의 피해망상은 사라지지 않았다. 윗집 사람이 괴롭힌다며 아파트 천장을 빗자루로 쿵쿵 찌르기도 했다.

할머니에게는 친구가 없었다. 노인정에 가면 또래 노인들과 즐겁게 놀 수 있었지만 할머니는 온종일 집 안에서만 있었다. 그러다가 어느 날부터 앞을 잘 보지 못하게 되었다. 시력에는 문제가 없었지만 눈꺼풀을 올릴 수 없다 보니 무엇인가를 보기 위해서는 손으로 눈꺼풀을 밀어 올려야만 했다.

마음대로 눈꺼풀을 뜰 수 없어 사물을 제대로 보지 못하게 되자 할머니는 '눈이 보이지 않는 나는 불쌍하다'는 넋두리를 하기 시작했다. 어릴 때부터 나는 그 말을 자주 듣고 자랐다. 할머니의 넋두리를 듣고 있으면 건강한 내가 마치 나쁜 사람처럼 느껴졌다.

할머니와 함께 밖에 나갈 때면 늘 할머니의 손을 잡고 걸었다. 할머니는 내 팔을 꽉 잡고 비틀거리며 걸었다. 나는 불쌍한 할머니를 도와야 한다고 생각했다.

할머니의 말과 행동은 나로 하여금 자주 죄책감을 갖게 했다. 할머니의 눈이 안 보이는 것은 내 책임이 아니다. 그런데도 할머니는 자신의 처지만 생각하고, 어른인데도 어린아이인 내게 자신을 돌봐야 한다고 무언의 압력을 가했다.

"눈이 안 보여 텔레비전을 못 보니 라디오밖에 들을 수 없구나."

할머니의 그 말을 듣고 나는 할머니가 정말 불쌍하다고 생각했다. 라디오보다 텔레비전에 재미난 것이 훨씬 많이 나오기 때문이었다.

텔레비전을 볼 수 없어 심심했던 할머니는 손자들 목소리라도 듣고 싶어 자주 전화를 걸어왔다. 오빠는 놀러 다니느라 집에 없을 때가 많아 내가 늘 말동무가 되어 주었다.

할머니와 자주 전화로 이야기를 하다 보니 내가 라디오 DJ가 되어 할머니를 즐겁게 해 줘야겠다는 생각이 들었다. 10살 때쯤일 것이다. 집에 있는 카세트의 녹음 버튼을 누르고 여러 가지 수다를 떨었다. 중간중간에 내가 좋아하는 가수의 곡을 넣기도 했다. 그렇게 나는 할머니를 즐겁게 해 주기 위해 궁리를 많이 했다.

어느 날 그 녹음 테이프를 할머니에게 주었더니 할머니가 무척 기뻐했다. 그러고는 또 만들어 달라고 했다. 나는 한 달에 한 번 정도 카세트테이프에 내 목소리를 녹음했다. 할 말이 없으면 노래를 넣어 대충 마무리했다. 그러면 할머니로부터 '너무 노래를 많이 넣지 말라'는 주문이 왔다.

할머니가 그 테이프를 어떻게 생각했는지 잘 모른다. 다만 돌아가신 뒤에 그 테이프가 할머니 방에서 나온 것을 보고 할머니가 들으면서 즐거워했을 것이라 짐작할 뿐이다.

할머니를 즐겁게 해 주기 위해 애쓰는 쪽은 나였지만 정작 할머니가 좋아한 사람은 오빠였다. 내가 태어났을 때 엄마는 몸이 좋지 않아 오빠를 할머니에게 잠시 맡겼다고 한다. 우리 집 앨범에는 그때 할머니 집에서 찍은 오빠 사진이 꽂혀 있다. 활짝 웃고 있는 오빠 사진은 엄청나게 컸다. 그에 비해 나는 사진을 찍어 주지 않아 내 사진은 아예 없었다. 맏손자였던 오빠가 할머니에게 얼마나 많은 사랑과 관심을 받았는지 그 사진이 잘 말해 주고 있었다.

오빠도 할머니가 유난히 자기를 좋아한다는 것을 알고 있었기 때문에 가끔 할머니 집에 놀러 가 용돈을 받곤 했다. 하지만 할머니는 내게 용돈을 준 적이 한 번도 없다. 훗날 오빠가 차를 사고 싶어 하자(그때 오빠는 고등학생이었다) 할머니는 3백만 엔이라는 큰돈을 빌려주기도 했다. 그 뒤 오래지 않아 할머니가 돌아가셨으니 아마 오빠는 그 돈을 갚지 않았을 것이다.

돌이켜보면 나는 할머니에게 칭찬을 받은 적이 없다. 응석을 부려 본 적도 없다. 중학생 시절 할머니와 함께 우리 가족이 외출했을 때다. 할머니는 내가 들고 있던 천으로 된 손가방을 보고 "자루 같은 그런 가방을 들고 다니다니…." 하면서 혀를 찼다. 그렇다고 좋은 가방을 사 주지도 않았다. 그런데도 나는 "내 마음에 드니까 좋아요" 하면서 주름투성이인 할머니 손을 잡고 걸었다. 할머니가 내게 나쁘게 말해도 나는 할머니를 도와야 한다고 생각했다. 할머니는 불쌍했으니까.

시간이 지나도 할머니의 눈꺼풀은 좋아지지 않았다. 할머니는 눈을 치료하기 위해 대학병원에 오래 다녔다. 그러던 어느 날 "이 연고를 바르면 눈을 뜰 수 있다는구나" 하면서 병원에서 처방받은 연고를 맹신하기 시작했다.

할머니는 그 연고를 하루에도 몇 번씩 눈언저리에 발랐다. 게다가 "이 연고는 어디에도 좋으니까" 하면서 내 입술에도 발랐다. 나는 할머니를 만날 때마다 수수께끼의 연고를 입술에 흠뻑 발라야 했다. 할머니는 그 연고의 정확한 이름도 모른 채 그저 '입술따끔이'라 불렀는데, 그것이 그대로 그 연고의 이름이 되었다.

나는 '입술따끔이'를 너무 많이 발라 입술이 탄력성이 떨어지고 거칠어졌다. 그렇다 보니 립밤을 손에서 놓을 수가 없었다. 그때의 영향 때문인지 마흔이 넘은 지금도 나는 립밤을 바르지 않으면 입술이 트고 갈라져 고생을 한다. 할머니의 저주가 아직도 계속되고 있는 셈이다.

할머니는 내가 고등학생 때 돌아가셨다. 아파트로 이사를 한 뒤에도 계속해서 이웃의 괴롭힘을 호소하는 할머니를 위해 고모는 새로 지은 단독주택으로 다시 이사를 했다. 단독주택에 사는 동안 할머니는 돈이 아깝다며 추운 겨울에도 난방을 하지 않고 오직 전기장판만 깔고 살았다. 그것이 원인이었을까? 할머니는 갑자기 쓰러져 병원에 입원했다.

나는 할머니 병문안을 갔다. 할머니는 목에 걸린 가래가 떨어지지 않아 숨을 쉴 때마다 괴로워했다. 간호사들에게 둘러싸여 고통스럽게 숨을 내쉬고 있는 할머니를 보고 있는 것이 너무나 힘들고 두려워 얼른 그 자리를 떠나고 싶었다. 그렇게 고통스럽게 살 바에는 죽는 편이 차라리 낫지 않을까, 하는 생각이 들기도 했다. 그런데 며칠 뒤 할머니는 진짜 돌아가시고 말았다.

눈이 펑펑 쏟아지는 추운 겨울이었다. 할머니의 시신이 집으로 돌아왔다. 할머니가 돌아가셨다는 사실이 믿기지 않아 마음이 뒤숭숭했다.

우리 가족은 할머니의 시신을 화장터로 옮겨 화장을 했다. 바퀴가 달린 쇠판 위에 얹힌 할머니의 관은 쇠문이 달린 화장로 안으로 들어갔다. 그리고 몇 시간 뒤 쇠판이 다시 나왔을 때는 하얀 뼈만 남아 있었다. 아버지는 땅바닥에 주저앉으며 "어머니!" 하고 울기 시작했다.

나는 아버지가 우는 것을 그때 처음 보았다. 그런데 어쩐지 아버지가 연극을 하고 있는 것 같다는 생각이 들었다. 고모가 여행이라도 가는 날이면 할머니는 우리 집으로 와서 며칠 동안 자고 갔다. 하지만 할머니가 집에 와 있다고 해서 아버지가 일찍 퇴근하는 일은 없었다. 쉬는 날 할머니와 도란도란 이야기를 한 적도 없었다.

명절 때도 마찬가지였다. 명절이 되면 할머니가 집에 왔지만 아버지는 할머니를 모시고 특별히 외출을 한 적이 없다. 할머니가 집에 와 있어도 아버지는 여느 때처럼 술을 마시고 늦게 들어왔다. 휴일이면 경마장이나 경륜장에 갔다. 그런 아버지였으니 할머니의 죽음을 슬퍼하는 모습이 이상하게 보일 수밖에 없었다.

고모도 몹시 슬퍼했다. 무척 풀이 죽은 고모는 화장터에서 돌아와 할머니 방에서 장례식에 사용할 사진을 찾았다(일본은 화장이 끝난 뒤 다시 장례식장으로 돌아가 고인을 마지막으로 보내는 의식을 치른다). 잘 나온 사진 한 장이 나왔다. 뒷면에 손 글씨로 '장례식 사진으로 써 주세요'라고 쓰여 있었다. 고모는 더욱 심하게 울었다.

감정이 격해진 고모는 최고로 호화로운 장례식을 치렀다. 할머니의 영정은 수많은 국화꽃으로 꾸며져 연예인이나 정치인이 죽은 줄 알 정도였다. 물론 할머니 장례식에는 외부 조문객은 거의 오지 않았다.

나는 할머니의 인생을 잘 모른다. 결혼하기 전 할아버지는 시베리아에 있었고 할머니는 일본에 있었다고 한다. 할머니는 할

아버지를 사진으로만 보고 결혼을 결심하고 시베리아로 갔다.

두 사람은 시베리아에서 아들과 딸을 놓고 살기 시작했다. 하지만 훗날 할아버지는 시베리아에 억류당해 한동안 일본으로 나오지 못했고, 아이들만 데리고 일본으로 나온 할머니는 혼자 온갖 고생을 하면서 아버지와 고모를 키웠다. 내가 아는 할머니의 인생은 이 정도가 전부다.

할머니는 상냥한 분이 아니었다. 상냥하지 않다기보다 늘 자신이 세상에서 가장 불행하다고 하소연하는 그런 사람이었다. 비록 그것이 사실이라고 해도 어린 손녀 앞에서 그런 소리를 하는 것은 어른다운 모습은 아니다. 그렇다 보니 나는 할머니 앞에 나가는 것이 늘 두려웠다. '너는 행복하다'고 매도당하는 것 같았기 때문이다.

할머니는 가끔 수제비를 손수 요리해 주었다. 할머니는 전쟁 후에 수제비를 많이 먹은 모양이었다. 그래서 수제비를 참 잘 끓였다. 수제비를 끓여 준 날이면 "이렇게 건더기가 많이 들어간 수제비를 먹을 수 있다니 너희들은 참 행복하다"고 했다. 실제로 닭고기와 인삼을 넣은 수제비를 먹다 보면 절로 나는 행복하다는 말이 튀어나왔다.

하지만 당시 나는 학교에서는 집단 따돌림을 당하고 있었고, 집에서는 폭력적인 아버지 앞에서 늘 움츠려 있어 행복하다는 생각을 전혀 하지 못했다. 그런데도 할머니 앞에만 서면 집단 따돌림을 받는 정도를 가지고 불행하다고 한탄하고 있는 나 자신이 나쁜 사람 같았다. 아무튼 할머니는 내가 겪고 있는 어려움과 고통에 대해 관심을 가진 적이 없다. 귀 기울여 내 이야기를 들어준 적도 없다.

사실 나는 할머니가 행복했다고 생각한다. 비록 사진으로였지만 첫눈에 반한 남자와 결혼해 아이들을 낳고, 나이 들어서는 고모와 함께 살았다. 병으로 오래 앓지도 않았다. 조문객이 많지는 않았지만 장례식은 아주 훌륭했다. 그에 비하면 나는 어떨까? 내가 죽어도 그 사실을 알 만한 사람이 별로 없을 것 같다. 누군가에게 발견될 때까지 나는 조금씩 부패해 갈 가능성이 많다. 그런 상상을 하자 너무나 끔찍해 속이 메스꺼렸다.

가족과 관련한 책을 읽다 보면 '폭력은 대물림 된다'는 내용이 자주 나온다. 친할아버지는 내가 어렸을 때 돌아가셨기 때문에 별로 기억이 없지만 화투를 가르쳐 주고 같이 놀았던 기억은 있다. 그때 할아버지가 내게 몇 번이나 져 주었기 때문에 나는 할아버지를 참 인자하고 상냥한 분으로 기억하고 있다. 하지만 엄마의 이야기는 달랐다. 할아버지는 술을 마시면 가족들에게 폭력을 자주 휘둘렀다고 한다. 그러고 보면 아버지도 피해자였던 것 같다.

아버지는 할아버지가 폭력을 휘두르는 모습을 보면서 '가족에게는 폭력을 부려도 되는구나'라고 생각했을 것이다. 오빠는 폭력적인 아버지 밑에서 자라면서 내게 폭력을 휘둘러도 괜찮구나, 하는 것을 배웠을 것이다.

집 안에서 일어나는 폭력은 결국 가장 약한 사람에게로 향한다. 우리 집에서 나는 가장 약한 존재였고, 그런 폭력을 모두 받아야 했다. 나보다 약한 것을 찾지 못했던 나는 그냥 버티는 수밖에 없었다. 만약 우리 집에 나보다 약한 존재가 있었다면 나도 폭력적이 되었을까?

10

아
버
지
의

사
랑

　　　　　퇴근 후 클림트 전시회를 보기 위해
우에노로 갔다. 클림트는 내가 가장 좋아하는 화가다. 여인들
의 요염한 눈길, 금박이 도배된 캔버스는 화려하면서도 고상
하기까지 하다. 서양 화가이면서도 어딘지 동양적인 분위기를
자아내고 구도도 독특하다.

　가방을 사물함에 넣고 전시장 쪽으로 가는데 입구부터 북
새통이다. 금요일 저녁에도 이러니 토요일과 일요일은 더할
것 같았다. 안으로 들어가 작품 설명문을 읽으며 그림들을 감
상하기 시작했다. 희미한 불빛 속에 많은 미녀들의 모습이 보
인다.

사람들이 너무 많아 뒤쪽에 서서 까치발을 한 채 사람들 어깨너머로 그림을 감상했다. 사람들이 너무 많이 몰려 있는 그림은 아예 포기하고 사람들이 적은 그림 앞으로 가서 찬찬히 감상했다. 나도 그림을 그리고 있지만 공개적으로 그림을 그린다고 말하고 싶지는 않다. 왜냐하면 그림을 너무 못 그리기 때문이다.

역사에 큰 발자취를 남긴 위대한 작가의 작품 앞에 서면 그런 콤플렉스는 더 강하게 폭발한다. 치밀하게 계산된 구도, 완벽한 데생. 클림트의 그림을 보고 있으니 속 깊은 곳에서 '너 같은 사람이 그림을 그리고 있다니 웃긴다' 하는 소리가 들려오는 것 같았다.

요즘은 거의 붓을 들지 않는다. 그림을 그리지 않는 사람은 잘 모르겠지만 사실 그림 그리는 일은 의외로 체력을 많이 소모한다. 무엇보다 큰 캔버스에 그림을 그릴 때는 머리와 몸을 모두 사용하기 때문에 작업을 마치고 나면 몇 시간 동안 축 처져 일어날 수 없을 지경이 된다.

지난번 이사 때는 그림을 많이 버렸다. 아깝다는 생각이 들기도 했지만 내 그림을 걸어 놓고 싶어하는 사람이 없을 것이

라 생각하니 그 편이 오히려 낫겠다 싶었다. 전시장을 나오는
데 이런 생각이 들었다.

'세상에 그림을 좋아하는 사람이 이렇게나 많다니!'

고등학교 친구들 가운데 동아리 활동으로 미술부에 들어간
사람은 아주 드물었다. 텔레비전을 봐도 미술 프로그램은 드
물다. 정기적으로 미술관에 다니는 친구를 본 적도 없다.

그러고 보니 어렸을 때 고모가 미술관에 데리고 갔던 것이
기억난다. 미술관에 가는 것은 언제나 즐거웠다. 고모가 나를
데리고 간 곳은 르네상스 시대의 이탈리아 그림과 조각 전시
장이었다. 르네상스 시대 작품은 딱히 좋아하거나 싫어한 것
도 아니었지만 그림과 조각이 무척 아름다워 관람하는 내내
즐거웠다.

고모와 갔던 전시장들을 떠올려 보니 한결같이 르네상스
시대의 이탈리아 작품을 전시하던 곳이었음을 문득 알게 되었
다. 고모는 왜 같은 전시장에만 나를 데리고 갔던 것일까?

가만 생각해 보니 고모는 이탈리아를 너무 좋아해 1년에
한 번은 꼭 여행을 갔던 것 같다. 혹시 고모는 나를 위해 그
전시장에 데리고 간 것이 아니라 자기를 위해 갔던 것은 아닐
까? 혼자 가기 뭐하니 나를 데려갔는지도 모른다. 만약 그렇

다면 고모는 나를 데리고 간 것이 아니라 나를 끌고 간 셈이다. 그런 생각을 하자 살짝 허무하고 슬퍼진다. 그림에 대한 내 생각이나 취향 따위는 전혀 고려해 주지 않았으니 말이다.

고모는 일류 회사에 다니고 있었고 상당히 부자였다. 엄마와 아버지 이야기에 따르면 비서실에서 일한다고 했다. 당연히 상사들은 고모를 무척 신뢰했다고 한다.

고모는 상사들의 일정을 관리하고, 가끔은 상사 대신 행사나 모임에 참석하는 것이 주요 업무라고 했다. 고모 세대는 경제 활동 인구가 부족했기 때문에 고학력자가 아니더라도 일류 기업에 들어갈 수 있던 시절이었다.

고모는 결혼을 하지 않았다. 어렸을 때는 엄마와 비슷한 나이인데도 결혼을 하지 않은 고모가 너무 신기해 몇 번인가 왜 결혼하지 않는지 물어본 적이 있다. 고모는 무척 난처해했다.

결혼할 나이가 되자 고모는 맞선을 보았다. 한 번은 두 사람 모두 서로가 마음에 들었나 보았다. 그런데 할머니가 반대를 했다고 한다. 이유는 남자의 얼굴이 너무 못생겼기 때문이라고 했다. 그 뒤로 고모에게 애인이 있었는지 모르지만 아무튼 고모는 결혼을 하지 않은 채 나이를 먹었고 줄곧 할머니와 함께 살았다.

할아버지가 잘생겨 결혼한 할머니다 보니 고모의 신랑감이 얼굴이 못생겨 반대를 한 것은 어느 정도 이해가 간다. 그래도 자신이 결혼을 하는 것도 아닌데 그런 이유로 반대를 했다는 것은 참 우스운 일이다.

고모와 함께 살았던 할머니는 가장 행복한 삶을 살지 않았을까? 일반적으로 어머니들은 아들보다 딸과 함께 살고 싶어 한다고 들었다. 그런 의미에서 착한 딸과 죽을 때까지 함께 살 수 있었던 할머니는 행복한 사람이었음이 분명하다.

◇◇◇◇

컴퓨터가 일반 가정에 보급되기 시작할 무렵, 고모도 컴퓨터를 구입했다. 고모는 비서로서 누군가를 보조하는 일만 하는 것에 회의를 느낀 것 같았다. 그러던 차에 회사에 시스템 관련 부서가 새로 생기면서 지원자를 모집하자 고모는 비서실을 그만두고 그 부서에 지원을 했다.

하지만 새로 생긴 시스템 관련 부서는 고도의 컴퓨터 능력이 필요했다. 나이도 많고 컴퓨터를 전문적으로 배우지 않은 고모에게는 무척 불리했다. 결국 고모는 떨어졌고 직장을 잃고 말았다.

온종일 집에만 있게 된 고모는 정신적으로 피폐해져 갔다. 그러다가 주변 사람들의 권유로 정신과 진료를 받았는데 우울증 진단을 받았다. 아버지는 우울증에 빠진 여동생을 매우 정성스럽게 돌봤다. 회사에 휴가를 내고 여동생 회사에 가서 원래의 비서실로 복직시켜 달라고 부탁을 하기도 했다.

당시 나도 우울증에 걸려 있었다. 고등학생이었던 나는 정신과 치료를 받으면서 학교에 다니고 있었다. 그런데도 아버지에게 나는 어떤 도움도 받지 못했다. 도움은커녕 다정한 말 한마디 듣지 못했다.

병원에서 보호자를 데려오라고 할 때마다 같이 간 사람은 엄마였다. 고모를 몹시 걱정하는 아버지를 보면서, 아버지는 자신이 만든 가족보다 자신이 자란 가족에게 더 애착이 강하다는 것을 느꼈다.

우울증으로 몸이 좋지 않을 때, 내게 필요한 것이 사랑이라는 사실을 알게 되었다. 하지만 당시 누군가로부터 사랑을 받고 있다는 느낌은 전혀 받지 못했다. 꼭 이성의 사랑이 아니어도 괜찮았다. 부모든 친구든 누군가로부터 관심을 받고, 위로를 받고, 마음을 나눌 수 있는 그런 사람이 필요했지만 내게는 그런 사람이 아무도 없었다.

　이 세상에 태어났을 때 가장 먼저 사랑을 주는 사람은 부모다. 하지만 불행하게도 나는 부모로부터 사랑을 받은 기억이 별로 없다. 나의 마음은 텅 비어 있었고, 늘 캄캄한 어둠이 지배하고 있었다. 아침마다 죽고 싶은 마음으로 집을 나섰으니 학교에 간들 기분이 나아질 리 없었다.

　고모는 아버지의 헌신적인 간호 덕분에 건강이 많이 좋아졌다. 게다가 회사에 다시 돌아갈 수 있게 되자 완전히 건강을 되찾았다. 고모의 회복 소식을 들었을 때도 나는 여전히 항우울제를 먹고 있었다. 그때만 해도 내가 10년 넘게 정신과 약을 먹게 될 거라고는 결코 생각하지 않았다. 얼마간 약을 먹으면 나아질 줄 알았다. 하지만 내 병은 좀체 나아지지 않았다.

◇◇◇◇◇

　어른이 되고 나서 쉬는 날이면 사우나에 갔다. 사우나가 붐을 이룬 것은 제법 오래되었지만 내가 사우나를 다니기 시작한 것은 몇 년 되지 않았다. 옛날부터 목욕탕 가는 것을 좋아했지만 사우나는 그다지 좋아하지 않았다. 그러다가 언제부턴가 사우나를 좋아하게 되었는데, 여기에는 아버지의 영향이 컸다.

아버지는 사우나를 무척 좋아했다. 고등학교 때 나는 자주 아버지와 함께 목욕탕에 갔다. 아버지는 "너도 사우나에 들어가 봐. 그 다음 냉탕에 들어가면 아주 좋아"라고 했다. 하지만 사우나실에 앉아 있으면 답답하고, 냉탕은 너무 차가웠다. 그런데도 사람들은 풍덩거리며 찬물 속으로 뛰어들었다.

어른이 된 뒤 아버지의 말이 생각나 사우나에 들어가 얼굴이 빨갛게 될 때까지 앉아 있다가 곧바로 냉탕에 몸을 담가 보았다. 그런 대로 괜찮았다. 나는 아버지 말대로 사우나와 냉탕을 여러 번 오갔다. 그러자 상쾌한 것이 아주 기분이 좋았다.

뜨거운 사우나실과 냉탕을 되풀이해서 오가면 혈관이 확장되었다가 수축하기를 반복해 혈액순환이 잘된다. 기분이 좋아지는 것은 그 때문이다. 그렇게 몇 번 반복하고 나면 머릿속이 텅 비면서 기분이 아주 좋았다. 그때부터 나는 사우나의 매력에 푹 빠졌다.

생각해 보면 아버지는 사우나를 너무 좋아해 집 안에 사우나실을 만들려고까지 했다. 임대 주택에 살면서 사우나실을

141

만들면 이사할 때 어떻게 할 거냐며 엄마와 내가 극구 반대했다. 결국 아버지는 포기했지만 대신 사우나에 더 자주 다니기 시작했다.

아버지와 목욕탕에 갈 때는 밖에서 만날 시간을 정했다. 목욕탕 안에는 큰 시계가 있었고, 몸을 씻으면서 시계를 보고 있다가 약속시간이 되면 밖으로 나갔다.

목욕탕에서 나오면 조금 떨어진 곳에 있는 선술집으로 갔다. 아버지는 맥주를 시키고 나는 진저엘(생강으로 향기와 맛을 내고 캐러멜로 착색한 무알코올 탄산음료)을 시켰다. 아버지가 으레 시키는 것은 곱창 전골이었다. 고등학생인 내게 곱창은 매력적인 음식이 아니었다. 고등학생이라면 함박스테이크나 스파게티 같은 것을 좋아한다. 그렇지만 아버지와 함께 선술집에 가는 것은 재미있었다.

아버지는 기관총처럼 하고 싶은 말을 쉴 새 없이 쏟아냈다. 나는 고개를 끄덕이며 아버지 이야기를 들었다. 아버지는 대단한 학교를 나오지는 않았지만 책은 많이 읽는 편이었다. 아버지의 책장에는 쓰쓰이 야스타카(일본을 대표하는 SF 소설가)와 야마모토 슈고로(그의 이름을 딴 문학상이 있을 정도로 유명한 일본의 소설가)

의 문고본이 꽉 차 있었다. 그 외에도 다양한 책들이 많았다. 『맛의 달인』이란 만화책은 10권이 넘는 시리즈였는데 한 권도 빠짐없이 있었다.

교양이 풍부한 사람의 책장이라 할 수는 없었지만 책을 전혀 읽지 않는 것보다는 훨씬 나았다. 그에 비해 엄마는 거의 책을 읽지 않았다. 어쩌다 책을 사긴 했지만 요리 책이나 건강 관련 책이 전부였다. 그런 엄마를 아버지는 무시했다.

어느 날 가족이 함께 텔레비전을 보고 있는데 '순사'라는 단어가 텔레비전에 나왔다. 아버지가 갑자기 엄마를 향해 이렇게 말했다.

"당신, 순사(殉死)가 무슨 뜻인지 모르지?"

아버지의 말투에서 비아냥거림이 느껴졌다. 엄마는 말이 없었다.

"에리코, 너는 알지?"

아버지가 맥주잔을 기울이면서 내게 물었다.

"주인을 위해 죽는 것?"

내가 그렇게 대답하자 아버지는 기쁜 듯이 말했다.

"확실히 알고 있구나. 역시 에리코야!"

나는 기분이 좋았지만 엄마 앞에서 기쁜 내색을 할 수 없었다. 그리고 엄마가 그런 간단한 단어의 뜻을 모른다는 것이 속상했다.

나는 어렸을 때부터 이야기와 소설을 좋아했다. 이야기 세계에 빠져 있으면 기분이 무척 좋았다. 그런 내게 잊을 수 없는 추억이 있다. 초등학교 6학년 때 요시모토 바나나의 소설이 대유행했다. 요시모토 바나나는 일본의 진보적 사상가이자 작가인 요시모토 다카아키의 딸이었다. 첫 작품인 『키친』으로 카이엔 문학상과 이즈미 쿄카상을 받으며 화려하게 데뷔한 요시모토 바나나는 순식간에 여러 권의 작품을 발표했다. 텔레비전과 잡지들은 앞다투어 그녀를 소개하면서 '바나나 현상'을 일으키기도 했다.

어느 날 아버지가 "에리코, 크리스마스 선물로 뭐가 갖고싶어?"하고 물었다. 아버지가 크리스마스를 앞두고 그렇게물은 것은 그때가 처음이었다. 너무 뜻밖이라 나는 얼떨결에"요시모토 바나나의 책이 갖고 싶어요"라고 대답했다. 초등학교 6학년이었지만 나는 당시 유행하던 유명 작가의 책을 읽고 싶었다.

크리스마스 날 아버지는 종이봉투를 여러 개 들고 왔다. 요시모토 바나나의 책을 모두 사 왔던 것이다. 대표작인『키친』과『하얀 강 밤배』를 비롯해 다섯 권쯤 되었다. 아버지는 활짝 웃으며 내게 책이 든 종이봉투들을 건네 주었는데 나는 너무 기쁜 나머지 할 말을 잃어버릴 정도였다. 겨우 한다는 소리가 "한 권이면 충분해요, 아빠"였다. 하지만 그 말마저 마음속으로만 했다. 평소에도 아빠는 적절한 균형이 없었다. 넘치거나 모자랐다. 그 피를 이어받아 나도 아버지를 닮은 구석이 있다.

어른이 된 지금 나는 아버지처럼 자주 영화관에 가고 휴일에는 사우나에 간다. 그러고는 선술집에서 가서 곱창을 먹는다. 나도 모르게 아버지와 닮은 생활을 하고 있다. 그러다 보니 문득 내가 아버지의 사랑을 많이 받았는지도 모른다는 생각이 들기 시작했다.

11

나는
아버지를 좋아했다

내 생일은 7월 8일이다. 가족도 애인
도 없었기 때문에 이벤트 바 에덴에서 '고바야시 에리코 탄생
제'라는 이름으로 일일 생일 이벤트 바를 열었다.

어렸을 때는 자주 동네 친구들 생일잔치에 불려 다녔다. 나
는 생일을 맞은 주인공을 위해 문방구에서 연필과 귀여운 지
우개 같은 것을 사서 선물로 주기도 했다.

생일을 맞이한 아이는 귀여운 양복을 입고, 둥근 케이크의
촛불을 껐다. 테이블 위에는 지라시스시(식초와 소금으로 간을 맞춘
밥을 그릇에 담고 그 위에 생선, 조개, 달걀부침을 얹은 밥)와 가라아게(가루
를 묻히지 않은 튀김류)가 즐비해 여느 날보다 특별한 날이라는 것

을 알 수 있었다. 그런 날이면 친구 집에서 저녁을 먹으면서 '나는 왜 주인공이 될 수 없을까?' 하고 생각했다.

엄마는 나를 위해 생일 파티를 열어 준 적이 없다. 어쩌면 한 번쯤은 열어 준 적이 있을지도 모르지만 기억이 나지 않는다. 생일날 누구를 집에 부르지도 않았다. 여느 때처럼 저녁을 먹은 다음 동그란 케이크를 가족끼리 나눠 먹었을 뿐이다. 내가 촛불을 끄면 식구들이 박수를 치면서 축하해 주었지만 나도 친구들을 초대해 생일 파티란 걸 해 보고 싶었다.

생각해 보면 성인이 된 지금, 나는 과거의 내게 복수를 하듯이 어린 시절의 내게 생일잔치를 열어 주고 있는 셈이다. '고바야시 에리코 탄생제'를 열어 친구들에게 축하를 받는 것도 채워지지 않던 옛날의 기억 때문일 것이다.

에리코 탄생제에는 실로 많은 사람들이 와 주었다. 일 때문에 신세를 지고 있는 사람들부터 취미 모임에서 알게 된 사람들과 내 책의 독자들에 이르기까지 모두들 와서 축하해 주고 선물도 주었다. 값비싼 화장품, 유명 과자점의 맛있는 과자, 꽃다발에 이르기까지 나는 고맙다는 인사말과 함께 기꺼이 선물들을 받았다. 늘 죽고 싶어 죽을 지경이었지만 이날만큼은 기뻐 울 것 같았다.

어린 시절, 나는 생일 선물로 받고 싶었던 것을 받아 본 적이 없다. 부모님이 준 선물은 대개 내가 전혀 좋아하지 않는 캐릭터의 문구들이었다. 생일 선물을 받고 내가 한 것은 오직 실망뿐이었다. 돌이켜 생각해 보니 내가 내 생각이나 바람을 부모님에게 전달하는 데 서툴렀기 때문인 것 같기도 하다. 초등학생 때부터 나는 내 욕구를 제대로 표현하고 전달하지 못했다.

어느 더운 여름날이었다. 엄마와 함께 플랫폼에 앉아 전철을 기다리고 있었다. 그때 엄마가 "목마르면 주스를 사 줄게"라고 했다. 나는 엄마에게 돈을 쓰게 하는 것이 나쁜 행동일 것 같아 목마르지 않다고 말했다. 사실은 목이 엄청 말랐는데 참았던 것이다.

"그래? 난 무척 목이 마르네."

엄마는 그렇게 말하고 자판기에서 오렌지 주스를 샀다. 나는 엄마가 오렌지 주스를 시원하게 마시는 모습을 간절한 눈으로 바라보았다. 그때 엄마가 "한 모금 마실래?" 하더니 캔 주스를 내게 건네주었다. 목이 엄청 말랐던 나는 주스를 단번에 마셔 버렸다. 내 모습을 보고 엄마는 어이없어하며 한마디 했다.

"목이 마르면 마르다고 하면 되잖아."

목이 마른데도 마르다고 말하지 못한 내 모습이 그때만큼
은 무척 부끄러웠다.

◇◇◇◇◇

원하는 것을 얻지 못한 어린 시절이었지만 어른이 된 뒤에
는 상당히 많은 사람들에게서 멋진 선물을 받았다. 한 친구가
앙리샤르팡티에(1969년 문을 연 일본의 고급 디저트 브랜드) 케이크를
사 왔다.

"해피버스데이 투유, 해피버스데이 투유, 해피버스데이 고
바야시 에리코, 해피버스데이 투유!"

파티에 참석한 사람들이 모두 하나같이 기쁘고 즐거운 목
소리로 생일 축하 노래를 불러 주었다. 나는 약간 바보 같은
표정을 지으며 촛불을 껐다. 내게 가족은 없지만 친구들이 있
다. 그것만으로도 충분히 행복한 일인지도 모른다.

밤이 되자 10년지기 친구들이 생일을 축하해 주기 위해 왔
다. 나는 그 친구들을 위해 하이볼을 만들면서 말했다.

"나 때때로 결혼하고 싶다는 생각을 해. 집에 가면 혼자 외

롭거든."

한 친구가 캔 맥주를 마시며 내 말에 대꾸를 했다.

"결혼 같은 건 생각도 안 하는 게 좋아. 누군가 내게 인생의 어느 시점으로 돌아가고 싶은지 묻는다면 내 대답은 늘 한결같아. 결혼하기 전이야."

그 말에 나는 솔직히 좀 놀랐다. 그렇게 말한 친구에게는 사랑스럽고 착한 딸이 셋이나 있고, 최근에는 손자까지 보았다.

"그래?"

나는 특별히 할 말이 생각나지 않아 아무런 대꾸도 못 했다. 그때 또 다른 친구가 말했다.

"에리코, 페미니즘 연재를 시작했더구나. 페미니스트들은 결혼 따위 꿈꾸지 않잖아?"

"그건 그래. 페미니즘 책을 많이 읽어 그런지 결혼 생활이 얼마나 여자에게 불리한지 잘 알고 있어. 그런데 왠지 결혼을 하고 싶어."

그렇게 말하고 나는 손에 든 얼음을 멍하니 바라보았다.

"에리코는 보수적이야!"

한 친구가 말했다. 그 말에 나는 어색하게 웃으며 대꾸했다.

"난, 나 자신을 자유주의자라 생각하는데?"

어쩌면 난 보수적인지도 모른다. 나는 아버지를 완전히 미워하지는 않았다. 경제적으로 가정에 충실하지도 않았고, 밤마다 술에 취해 택시를 타고 돌아와서는 엄마에게 행패를 부리던 아버지를 그리워하고 있기 때문이다.

가게 문을 닫아야 할 시간이 되었다. 가게 주인이 와서 정산을 도와주었다. 나는 냄비와 접시를 닦고 청소를 시작했다.

"오늘도 에리코 씨의 매상은 좋네요. 매달 하고 싶을 정도예요."

가게 주인에게 그런 말을 들으니 기분이 좋았다. 집에 돌아와 꽃다발을 풀어 꽃병에 꽂으려는데 꽃병이 없었다. 할 수 없이 쓰지 않는 컵에 물을 담아 꽂았다. 꽃병 대신 컵에 꽂힌 해바라기와 장미를 바라보며 오늘 하루를 떠올렸다.

오늘 가게에 와 준 친구들의 가정 사정을 어느 정도 알고 있다. 결코 평화로운 가정이라고는 할 수 없는 친구들이 꽤 있다. 아버지가 딴 집에 살림을 차려 엄마와 자신을 두고 집을 나간 친구도 있고, 어렸을 때 부모가 이혼해 한부모 가정에서 자란 친구도 있다. 그런 것을 생각하면 성인이 될 때까지 부부로 남아 있어 준 나의 부모님은 나름대로 자신들의 역할을 열심히 해냈다고 할 수 있다. 만약 내가 어렸을 때 부모님이 이혼을 했더라면, 나는 엄마가 일을 하러 나가 있는 동안 집안일을 해야 했을 것이다. 대학에 진학할 형편도 되지 못했을 것이다.

게다가 난 어렸을 때 친구가 없어 외롭긴 했어도 아버지가 꽤나 잘 놀아 준 편이었다. 휴일이면 아버지는 나를 데리고 경륜장이나 경마장에 갔다. 그런 곳에 따라가는 것이 그렇게 즐거운 것은 아니었지만 어린아이의 세계에서는 경험하기 힘든 세상을 볼 수 있어 나는 좋았다.

레이스가 끝난 뒤 눈보라처럼 휘날리던 맞추지 못한 마권과 '백발백중'이라는 웃긴 이름의 라면집, 오뎅 가게와 닭꼬치 가게가 줄지어 서 있고, 어른들은 닭꼬치와 오뎅을 먹으며 경륜 정보지를 들여다봤다. 그런 모습은 내게 무척이나 낯선 풍경이었다. 학교에서는 절대로 배울 수 없는 세계였다.

무엇보다 특이했던 것은 '예상쟁이' 아저씨들이었다. 나는 경륜장에서 다음 경기를 예상해 주며 생계를 유지해 나가는 그런 사람들이 있다는 사실에 깜짝 놀랐다.

아버지는 자신의 가게를 하고 싶어 했을 정도로 요리를 좋아했기 때문에 우리에게 가끔 음식을 만들어 주었다. 토요일 저녁이면 "오늘은 생선 초밥을 해야지"라고 말한 뒤 슈퍼마켓으로 달려가 각종 재료를 사 와서는 초밥을 만들어 주기도 했다.

초밥은 반드시 일류 요리사가 만들어야 맛있는 것은 아니다. 우리는 아버지가 만든 초밥을 정말 맛있게 먹었다. 아버지는 "잠시 기다리세요, 이번에는 참치 초밥이 나갑니다"라며 요리사 흉내를 내 우리를 웃기기도 했다. 또 프라이팬을 흔들다가 "얍!" 하는 소리와 함께 오코노미야키(일종의 부침개)를 뒤집을 때는 심지어 멋있게 보이기도 했다. 이런 것 말고도 일요일 같은 날 내가 배가 고프다고 하면 "계란덮밥 만들어 줄까?" 하고는 얼른 만들어 주기도 했다.

어릴 때 동네 친구가 했던 말이 기억난다. "아빠한테 배가 고프다고 했더니 냉장고에 있는 소시지를 꺼내 주며 먹으라고 했어", 나는 그때서야 거의 대부분의 남자들이 요리를 하지 않는다는 사실을 알았다. 그러면서 아버지가 훌륭하다는 것을 알게 되었다. 물론 요리를 한 후에는 제대로 치우지도 않았고, 또 그렇게 자주 해 준 것은 아니었지만 어쨌든 아버지가 요리하는 모습을 보는 것이 내게는 행복이었다.

◇◇◇◇◇

어렸을 때 동물을 무척 좋아했던 나는 텔레비전에서 동물 관련 프로그램이 방송되면 넋을 놓고 바라보았다. 어느 날 텔레비전에 빠져들어 갈 듯한 눈으로 「동물의 왕국」을 보고 있는 나를 향해 아버지가 꽥 소리를 질렀다.

"그렇게 동물이 좋으면 홋카이도로 가서 짐승들하고 살아!"

그러면서도 내게서 채널권을 뺏지는 않았다. 동물을 좋아하는 마음이 점점 커져 나중에는 애완용 동물을 직접 키워 보고 싶은 마음에 엄마에게 잉꼬를 키우고 싶다고 말했다. 엄마는 동물을 싫어했다. 길을 가다가 개나 고양이를 만나면 심하게 겁을 낼 정도였다. 그런데도 내가 잉꼬를 키우고 싶다는 말에 선뜻 그렇게 하라고 했다.

잉꼬를 키우는 것은 생각보다 돈이 많이 들었다. 새장도 꽤 값이 나갔고, 모이 외에 따로 영양 공급을 위해 보조 식품도 사야 했다. 그런데도 엄마는 야단치지 않고 원하는 대로 해 주었다. 물론 유복한 가정처럼 내가 하고 싶은 것을 다 하게 해 준 것도 아니고, 원하는 것을 다 살 수 있었던 것도 아니다. 하고 싶은 것, 갖고 싶은 것을 참아야 할 때가 더 많았다. 그렇지만 부모님이 나를 많이 생각해 주었던 것은 사실이다.

"네가 중학생이 될 때까지 살 수 있을 줄 몰랐다."

중학생이 된 어느 날 아버지가 내게 그렇게 말했다. 엄마는 아버지의 말에 몹시 화를 냈지만 나는 아버지가 나쁜 뜻으로 한 말이 아니라는 것을 잘 알고 있었다.

어릴 때부터 몸이 약했던 나는 부모님이 자주 대학병원에 데리고 갔다. 심한 복통으로 구급차에 실려 간 적도 여러 번 있었다. 그렇다 보니 부모님은 내가 죽을까 봐 무척 걱정을 많이 했다. 아버지 말은 '내가 중학생이 될 때까지 죽지 않고 살아줘서 다행스럽기도 하고 고맙기도 하다'는 뜻이었을 것이다. 그런 의미에서 나는 성인이 될 때까지 키워 준 것에 대해 부모님에게 고마워해야 했다.

아버지는 지금 어디서 무엇을 하고 있을까? 이따금 아버지가 생각난다. 아버지는 몇 해 전 큰 병으로 쓰러졌다. 고모는 그 사실을 내게 알리지 않았다. 물론 당시 내 상황이 좋지 않앞던 것은 사실이다. 우울증도 꽤 심했고, 경제적으로도 무척 힘들었다. 그렇지만 나는 아버지 소식을 재빨리 알려 줬어야 한다고 생각한다.

아버지가 돌아가시면 고모가 내게 알려줄까? 지금의 고모라면 알려 주지 않을지도 모른다. 아버지와 화해하지 않고 이대로 영영 헤어져도 되는 것인지… 나는 그저 불안하기만 하다.

12

아버지의 고독

　　　　　　오늘은 새로 시작할 연재물에 대해
의논하기 위해 담당 편집자를 만나기로 했다. 만나기로 한 곳
이 공교롭게도 유라쿠쵸였다. 약속 장소를 정하면서 담당 편
집자는 "아버지와 함께 갔던 추억의 장소를 돌아보는 게 어떨
까요?" 했다.

　일을 끝내고 유라쿠쵸로 향했다. 그녀의 말처럼 나는 아버
지와 함께 유라쿠쵸에 많이 갔다. 지금은 복합 상영관이 많아
아무 영화관에 가도 원하는 영화를 볼 수 있지만 그때는 영화
를 보려면 여러 극장이 몰려 있던 유라쿠쵸로 가야 했다.

담당 편집자를 만나기로 한 교통회관 앞으로 갔다. 교통회관도 아버지와 함께 자주 갔던 곳이다. 아버지는 영화비를 아끼기 위해 교통회관에 있는 티켓 가게에서 '미리 사면 값이 싼 예매표'를 사서 영화관으로 가곤 했다.

오랜만에 간 교통회관에는 커다란 서점이 들어서 있었다. 약속 시간보다 조금 일찍 도착한 나는 서점 안을 어슬렁거렸다. 잠시 후 나처럼 서점 안을 어슬렁거리던 담당 편집자를 만났다. 우리는 함께 서점 안을 조금 더 걸어 다니다가 마리온(백화점과 여러 개의 영화관이 들어서 있는 대형 복합 쇼핑몰)으로 향했다.

멋진 상점들이 있는 마리온은 유라쿠쵸의 얼굴이다. 나는 여러 번 가긴 했지만 마리온에서 물건을 산 적은 한 번도 없다. 영화를 보기 위해 갔을 뿐이었다.

"뭐 생각나는 거 없나요?"

담당 편집자가 웃으며 물었다.

"옛날 긴자에서 아버지와 타이메이켄(유명한 서양식 레스토랑)의 오므라이스를 먹은 적이 있어요. 크고 너무 예쁜 오므라이스라 깜짝 놀랐죠. 2천 엔이나 한 것으로 기억하는데, 아버지는 긴자 거리의 맛집을 나름 꿰고 있었던 것 같아요."

나는 긴자 거리를 바라보며 말했다.

"타이메이켄은 확실히 비싸죠. 아무튼 에리코 씨 아버지가 맛있는 것을 많이 알고 계셨던 것이 틀림없네요."

우리는 히비야샨테(쇼핑몰)로 가기로 하고 전철역 쪽으로 되돌아갔다. 그때 문득 머릿속에 떠오르는 것이 있었다.

"맞아요, 영화관에 갈 때는 반드시 JRA(일본중앙경마협회)에 들렀어요. 나이든 아저씨들이 기대에 찬 표정으로 구매표에 열심히 기입해서 마권을 사는 모습을 보면 왠지 웃음이 나곤 했죠."

내 말에 담당 편집자도 웃었다. 역에 도착한 우리는 왼쪽으로 꺾어 히비야산테 쪽으로 향했다.

"저쪽에 곱창구이 가게가 있는데 아버지와 자주 갔어요. 하지만 오늘은 너무 더우니 안 가는 게 좋을 것 같아요."

여름의 도쿄는 늘 30도를 훨씬 넘어 숨 쉬기조자 힘들 정도로 답답할 때가 많다. 굴다리를 지나자 히비야샨테 극장이 보였다. 그곳도 아버지와 자주 갔던 곳이다. 하지만 큰 상업 시설로 바뀌어 있어 옛날과는 분위기가 많이 달랐다.

"거리가 많이 변해가는군요."

나는 이마의 땀을 닦으며 말했다. 그 모습을 본 담당 편집자가 말했다.

"어디 시원한 데 들어갈까요? 저쪽에 독일 술집이 있더군
요."

우리는 굴다리 밑에 있는 독일 주점으로 들어갔다. 에어컨
이 가동 중인 실내는 무척 시원했다. 종업원의 안내로 안쪽 자
리에 앉았다. 우리는 맥주를 시킨 다음 단숨에 들이켰다. 안주
로 모듬 소시지와 해산물 샐러드를 시켰다.

"아참, 이거 맛있어요. 달라고 해 볼까요?"

담당 편집자가 메뉴판에 있는 아이스바인(돼지고기로 만든 독일
식 요리)을 손가락으로 가리키며 말했다. 내가 고개를 끄덕이자
담당 편집자가 한마디 덧보탰다.

"독일에서는 유명한 요리래요."

음식을 기다리는 동안 나는 물수건으로 손을 닦았다. 그러
다가 문득 생각이 났다.

"아버지는 술집에 들어가면 꼭 물수건으로 얼굴을 닦았어
요."

내 말에 담당 편집자가 소리 내어 웃으며 말했다.

"에리코 씨 아버지는 쇼와 세대(1926년~1934년 출생)가 틀림
없네요. 쇼와 세대 체크리스트가 있다면 아마 에리코 씨 아버

지는 고득점을 획득했을 거예요."

맥주를 마시고 있는데 소시지 모듬 샐러드가 나왔다. 늘 슈퍼마켓에서 4백 엔짜리 소시지만 먹던 나는 정통 독일 소시지를 먹어 본 것이 무척 오랜만이었다. 색깔이 하얀 소시지를 허니머스타드에 찍어 먹으니 달콤하고 아주 부드러웠다.

"아버지와 이런 멋진 술집에 와 본 적은 없어요. 늘 지저분한 선술집이었죠. 엄마도 싫었을 거예요."

내 말에 담당 편집자가 소시지를 쪼개며 물었다.

"에리코 씨의 어머니는 아버지의 어디가 좋았던 것일까요?"

나는 맥주잔을 만지작거리다가 대답했다.

"그러게요. 아버지는 책도 많이 읽고 영화도 많이 봤지만 엄마는 그런 것에 별로 관심 없었어요. 어머니 책꽂이에는 『오늘의 요리』라든가 『깨끗한 수납법』 같은 책들뿐이었죠. 문학책은 없었어요. 반면에 아버지 책장에는 야마모토 슈고로, 쓰쓰이 야스타카, 아쿠타가와 류노스케 같은 작가의 작품들이 많았어요. 그리고 엄마는 같이 영화를 보다가도 줄거리를 이해 못 해 영화 내용을 모르는 경우가 가끔 있었어요. 그런 생각을 하면 두 사람이 재미난 대화를 했을 것 같지는 않아요. 물론 남녀 관계가 그렇게 간단하지는 않겠지만 아무튼 엄마는 '나는 인기가 별로 없었어. 나를 좋아한 사람은 아빠밖에 없었어'라는 말을 자주 했어요."

"하지만 에리코 씨 어머니는 참 아름다우신 것 같던데요."

나는 샐러드에 들어 있는 새우를 포크로 찍으면서 대답했다.

"젊었을 때 사진을 보니 꽤 예뻤더라고요. 하지만 뭐랄까, 인기랑은 관계가 없지 않을까요?"

나는 새우를 입속에 넣었다. 마요네즈의 고소한 맛과 짭짜름한 바다 맛이 입안에 퍼졌다.

"아버지를 생각하면 지독한 아버지였다고 생각할 때도 많지만 상냥한 면도 있었어요. 그런 생각을 하면 정말 견딜 수 없을 때가 있어요. 난 어렸을 때 몸이 약해 늘 감기를 달고 살았어요. 언젠가 감기 몸살로 1주일 동안 학교에 못 간 적이 있어요. 그 당시 『아사리짱』이라는 만화를 너무 좋아해서 계속 모으고 있었는데, 그때까지 나와 있던 것만 해도 서른 권이 넘어 좀처럼 모이지 않았어요. 그런데 내가 감기에 걸려 오래 누워 있었더니 아버지가 『아사리짱』 시리즈를 사 온 거예요. 그것도 한 번에 세 권씩이나. 정말이지 몸이 약했던 덕분에 좋아하는 만화책을 모을 수 있었던 거죠."

나는 빈 맥주잔을 쳐다보며 말했다.

"아버지가 다정하고 섬세한 면도 있었네요?"

담당 편집자가 내 눈을 쳐다보며 말했다.

"그랬던 것 같기도 해요. 고등학생 때였어요. 1만 엔이나 하던 롤링 스톤즈(영국의 록 그룹) 공연 티켓을 사 준 적도 있어요. 또 지브리(일본 애니메이션 제작사) 애니메이션 영화는 항상 데려가 줬어요. 아, 그렇지만 하라 가즈오(일본 다큐멘터리 감독)의 영화는 정말 아니었어요. 그건 학생이 볼 만한 게 아니었죠."

나는 종업원을 불러 맥주를 더 시켰다.

"하라 가즈오라고요?"

담당 편집자가 어이없다는 얼굴로 말했다.

"정말이에요. 트라우마예요. 중학생에게 「천황의 군대는 진군한다」는 아무리 생각해도 어울리지 않아요. 고등학생 때는 「전신소설가」(급진적인 사상과 괴팍한 면모를 갖고 있던 소설가 이노우에 미쓰하루의 삶을 그린 다큐멘터리) 티켓을 건네 주면서 보고 오라고 하기도 했죠. 또 오시마 나기사(영화감독)를 너무 좋아한 아버지 덕분에 「사랑의 콜리다」(오시마 나기사가 감독한 일본-프랑스 합작 영화)를 보게 되었는데, 그건 성 학대가 아니었을까 싶어요."

나는 맥주를 한 모금 마시고 약간 흥분해 이야기를 계속

했다.

"사실 학교에서 친구를 제대로 사귀지 못한 것도 아버지가 보여준 영화들이 재미있다 보니 친구들이 열중하는 것들에는 별로 흥미를 느끼지 못했던 것에도 원인이 있었던 것 같아요. 당시 유행하던 아이돌이라든지 배우라든지 그런 것에는 도무지 흥미가 없었거든요. 그렇다 보니 아이들과 통하는 면이 없었던 거죠. 집에서도 늘 「에드 설리번 쇼」(미국의 텔레비전 버라이어티 쇼)라든가 「몬티 파이슨 시리즈」(1970년대 시작한 영국의 유명 텔레비전 코미디물) 같은 것만 봤으니까요. 당시 친구들 사이에서 유행하던 드라마나 코믹 프로그램은 전혀 보지 못했죠. 그러다 보니 학교에 가서도 친구들 이야기에 끼지 못했던 거죠."

내가 너무 억울하다는 표정을 지으며 말하자 담당 편집자가 작게 소리 내어 웃었다.

아버지는 문화적인 소양이 무척 풍부한 사람이었다. 내가 그런 아버지에게 영향을 많이 받은 것은 사실이다. 음악과 영화, 책의 세계는 모두 아버지를 통해 알게 된 세상이다. 친구들은 그런 나를 두고 영재교육을 받았다고 하기도 했다. 물론 농담이다. 사실 나는 영재교육은커녕 학원에 가 본 적도 거의 없다.

사실 나는 아버지를 어떻게 이해해야 할지 잘 모르겠다. 아버지에게 사랑받았고, 아버지를 사랑해야 한다고 생각은 하면서도 마음 한구석에는 아버지에 대한 억누를 수 없는 증오심이 가득하다. 돈을 벌어 가족들을 먹여 살린다는 이유로 군주처럼 행동하고, 술에 취해 엄마를 때린 것은 결코 용납할수 없는 일이다.

술 취해 돌아온 아버지는 나를 앉혀 놓고 "아빠 좋아해?"라고 자주 물었다. 그때 일을 생각하면 가슴이 먹먹해진다. 아버지는 사랑과 애정에 목말라했던 것 같다. 그래서 술을 마신것 같다. 아버지는 지독히 외로웠던 것이 틀림없다.

언젠가 연말이 되어 집에 들렀더니 엄마가 '이런 게 나왔다'며 건네준 것이 있다. 요도가와 나가하루(유명 영화 평론가)의 사인 종이였다. 1969년이란 날짜가 적힌 것으로 보아 아버지가젊었을 때 받은 것 같았다. 햇볕에 그을려 누렇게 변한 종이에는 '나는 미워하는 사람을 만난 적이 없다'라고 쓰여 있었다. 내 기억에 아버지 책장에 같은 제목의 책이 있었다.

"이건 내가 보관해 둘게."

나는 엄마에게 그 종이를 받아 가방에 넣었다. 아버지는 아마 영화 평론가가 되고 싶었던 것 같다. 하루에 두세 군데 영화관을 드나들던 아버지는 언젠가 영화와 관련된 일을 하고 싶었다고 한 적이 있다. 그때 그게 뭘까 궁금했다. 극장의 영사기사도, 영화감독도 아닌 영화 평론가였던 것이다. 어릴 때부터 모았다는 우표 앨범 사이에 끼워져 있던 아버지가 쓴 평론 기사가 좋은 증거다.

나는 첫 번째 자살에 실패한 뒤 집 안에만 틀어박혀 지냈다. 그러다가 프리페이퍼(개인이 만든 얇은 일종의 무료 잡지)를 만들어 글을 쓰기 시작했다. 내가 만든 프리페이퍼가 유명 잡지나 신문에 소개되자 아버지는 나를 응원해 주었다.

나는 지금 글을 써서 돈을 벌고 있다. 어떻게 보면 아버지의 꿈을 이뤘다고 할 수 있다. 하지만 지금, 아버지로부터 아무런 연락이 없다. 그저 어디선가 내가 쓴 연재물을 읽고 있을 것이라고 짐작만 하고 있을 뿐이다.

13

엄마만 남은

우리 가족

주말이면 사우나를 하는 것이 요즘 나의 주요 일과다. 집에서 가까운 다리 가에 단골로 가는 큰 목욕탕이 있다. 도심에서 제법 떨어져 있어 그런지 넓은 공간에 비해 사람들이 많지 않아 좋다.

옷을 벗고 욕탕에 들어가자 발가벗은 작은 아이가 엄마를 따라 아장아장 걸어가고 있었다. 샤워기 앞에 앉아 수도꼭지를 틀고 머리에 물을 끼얹었다. 탕 안에 마련된 샴푸를 짜서 머리를 감았다. 사우나를 하기 전에 몸을 제대로 씻지 않으면 땀이 잘 나지 않는다. 머리를 감고 난 뒤 몸을 씻었다. 그러고는 곧바로 소금 사우나실로 향했다.

문을 열자 후끈한 열기가 얼굴에 와 닿았다. 몸에 소금을 바른 두세 사람이 이야기를 나누고 있었다. 자리를 잡고 앉아 사박사박 소리를 내며 온몸에 빈틈없이 소금을 뿌린 뒤 지그시 눈을 감았다. 맞은편에 앉아 있는 사람들의 말이 귀에 들렸다. 무슨 말인지 알아들을 수가 없는 것을 보아 외국 사람인 듯했다. 알아들을 수 없는 말을 듣고 있으니 마치 외국에 온 것 같은 느낌이 들었다.

눈을 감고 가만히 있으니 땀이 나오는 것이 느껴진다. 소금과 땀이 섞여 살갗을 타고 흘렀다. 땀을 흘리면 모든 나쁜 것들이 흘러 나가는 것 같아 기분이 좋다. 더 이상 견디기 힘들 때쯤 몸에 묻어 있는 소금을 씻어내고 냉탕으로 향했다. 냉탕은 사우나의 참맛이다. 뜨거웠던 몸이 단번에 식으면서 기분이 상쾌해진다. 머릿속이 말끔히 비워진 듯 정신이 맑아진다.

충분히 몸이 차가워지자 밖으로 나와 의자에 앉아 바람을 쐈다. 천천히 몸이 따뜻해졌다. 내 몸과 탕 밖 공기 사이의 경계가 없어지면서 기분이 좋아진다. 그런 상태에서 1주일 동안 열심히 일한 나에게 스스로 수고했다고 말해 준다.

사우나에서 나온 뒤 근처 식당에 들러 갓 부친 야채전에 맥주를 한잔 마시고 집으로 향했다. 전철역 쪽으로 가다 보면 나카야마 경마장 안내 간판이 눈에 보인다. 내게는 무척 낯익은 곳이다. 어렸을 때 아버지와 자주 갔던 곳이다.

아버지는 도박을 무척 좋아했다. 특히 좋아했던 것은 경마와 경륜이었다. 내가 어렸을 때만 해도 검정색 다이얼 전화기가 대부분이었다. 그런데 아버지는 재빨리 버튼식 전화기로 바꾸었다. 버튼식이면 전화로도 마권을 살 수 있었기 때문이다. 아버지는 전화로 마권을 사기도 했지만 영화관에 온 길에 장외 마권장에서 마권을 사거나, 직접 경마장에 가서 사기도 했다.

"에리코, 말 구경 가지 않을래?"

일요일이면 아버지는 그런 식으로 말했다. 말 보러 가자는 말이 경마장에 가자는 것임을 알았기 때문에 나는 늘 고개를 끄덕였다.

전철을 타고 나카야마 경마장으로 가는 동안 아버지는 경마 신문을 보면서 그날의 예상 우승마를 점치곤 했다. 아버지가 들고 있던 경마 신문을 보면 경주마 이름이 적혀 있었다. '계란말이'나 '여왕벌'처럼 한결같이 우스꽝스러운 이름들이었다. 경마 신문에는 지금까지의 경주 결과에 대한 분석과 함께 전문가들의 예상이 실려 있었다.

"어느 말이 우승할 것 같아요?"

아버지가 들고 있는 신문을 함께 들여다보면서 물었다.

"이번에 심볼리루돌프(일본의 유명 경주마)가 나온단다. 현재는 우승 확률이 낮지만 내 생각에 틀림없이 우승할 거야!"

아버지는 빨간펜을 흔들며 진지한 목소리로 대답했다.

"심볼리루돌프가 나온다고요?"

나는 그때 초등학생이었지만 유명한 경주마 이름은 기억하고 있었다. 아버지는 빨간펜을 귀에 걸고 더 고민하기 시작했다. 그러다가 갑자기 고개를 들더니 말했다.

"이번에 갈아타야 돼. 에리코 가자!"

아버지는 그렇게 말하고 재빨리 전철에서 내렸다. 아버지는 걸어갈 때는 나를 보지 않는다. 혼자 성큼성큼 앞서 걸어가 버린다. 그런 아버지를 나는 필사적으로 쫓아가야 했다.

"힘내, 힘!"

아버지는 내게 힘내라고 하고는 성큼성큼 전철역 계단을 올라갔다. 어떤 때는 두 계단씩 올라가기도 했다. 아버지는 좀체 에스컬레이터를 타는 법이 없었다. 전철을 갈아타고 후

나바시 호텐 역에 내려 경마장까지 걸었다. 경마장 앞은 무척 혼잡했다. 아버지 또래의 아저씨들이 회색이나 베이지색 정장을 입고 미간을 찌푸린 채 경마 신문과 눈싸움을 하고 있었다.

"첫 레이스는 벌써 끝났군. 뭐 좀 먹을래, 에리코?"

아버지는 내가 배고프지는 않을까 걱정했다.

"오뎅이 먹고 싶어요."

내 말에 아버지는 얼른 가게로 뛰어가 어묵을 사 왔다. 나는 누군가 버린 신문지를 주워 계단에 깔고 앉아 맛깔스러운 무부터 먹었다.

"자, 두 번째 레이스는 그냥 구경만 하자."

아버지는 혼자 중얼거리더니 내 옆에 앉았다. 아버지 손에는 술이 든 컵이 들려 있었다. 경주로 한쪽에서 경주마들이 나타났다. 대부분의 경주마들이 얌전히 걸었지만 몇몇 말은 심하게 날뛰기도 했다.

"오늘 말의 상태를 보여 주는 거야. 움직임이 좋은 말이 잘 달리는 거지."

아버지가 점잖게 경마에 대한 토막 상식을 설명해 주었다. 나는 "아하" 하면서 어묵을 먹기 시작했다. 경주마들은 한결

같이 예뻤다. 털이 아름답고 광택도 났다. 머리에 독특한 마스크를 쓴 것이 온몸으로 경주마라고 말하고 있었다.

'빠앙!' 하는 소리와 함께 경주마들이 일제히 달리기 시작했다. 말발굽이 흙을 박차며 앞으로 내달렸다. 결승 지점에 이르자 기수들은 일제히 엉덩이를 들어 올리고 힘껏 채찍을 휘둘렀다. 경주마들은 더욱 속도를 냈다. 그때였다. 뒤쪽에서 달리던 말이 갑자기 앞으로 치고 나왔다.

"뭐야? 저 녀석이 치고 나가잖아!"

아버지는 잔뜩 상기된 얼굴로 침을 삼키며 말했다. 뒤처져 달리던 말이 점점 속도를 높이더니 앞서 달리는 말들을 차례로 앞질렀다. 한 마리, 두 마리, 세 마리. 무서운 기세로 달리던 그 말은 맨 앞에 달리던 말과 불과 코 하나 차이로 1등을 차지했다. 환성과 함께 마권들이 하얗게 허공에 뿌려졌다.

"에이, 빌어먹을!"

여기저기서 탄식하는 소리가 들렸다. 많은 사람들의 예상을 뒤엎고 인기가 없던 경주마가 1등을 차지했던 것이다. 아버지도 언짢은 표정을 짓고 있었다.

"젠장, 이러고 나면 다음 경기에 어떤 말을 골라야 할지 도통 알 수가 없단 말이야."

아버지는 투덜대며 그렇게 말했다. 그러고는 귀에 끼워 놓았던 빨간펜을 집어 다시 한번 경마 신문과 눈싸움을 시작했다.

"마권 사러 가자, 에리코."

아버지의 말에 계단에서 일어섰다. 아버지는 그날 마지막 레이스까지 돈을 걸었다. 아버지가 돈을 땄는지 잃었는지는 알 수 없지만 어쨌든 이긴 레이스에서는 용돈을 주었다. 나는 싱글벙글한 얼굴로 천 엔짜리 지폐를 지갑에 넣었다. 경마장을 나오자 날이 어두컴컴했다.

"역 안에 있는 목욕탕에서 목욕이나 하고 가자.'

아버지는 으레 그런 것처럼 자연스럽게 말했다.

"근데, 갈아입을 속옷을 안 가져왔어요."

내가 난처해하자 아버지가 말했다.

"그게 무슨 상관이야. 뒤집어 입으면 되지, 하하하!"

아버지는 그런 사람이었다. 목욕을 마치고 나오자 늘 그렇듯이 아버지가 먼저 나와 근처 식당에서 술을 마시고 있었다. 맥주를 마시던 아버지는 메뉴판을 들여다보며 물었다.

"뭐 좀 먹을래?"

나는 메뉴판을 훑어보다가 라면을 먹고 싶다고 했다. 내가 멍하니 라면을 기다리고 있는데 아버지가 먼저 말을 꺼냈다.

"이번에 스필버그 감독의 새 영화가 나온다."

영화에 관한 한 아버지의 최신 정보는 따라갈 사람이 없었다.

"정말?"

내가 놀라자 아버지는 신난 얼굴로 계속 말했다.

"하루 회사 쉬고 보러 갈 생각이야."

예전에도 아버지는 영화를 본다며 회사를 쉰 적이 있다. 자영업자도 아니고 월급 받는 직장인이 그래도 되는지 궁금했다.

"좋겠다, 회사 쉬어도 되고."

내 말에 아버지는 씨익 웃으며 말했다.

"어른이 최고야."

맞는 말일 것이다. 확실히 아버지 세대는 어른이 최고였다. 고도 경제 성장으로 직장을 얻지 못하는 사람도 없었고, 일만 하면 월급이 나오고, 시간이 지나면 월급이 올랐다. 상여금도 있고 퇴직금도 있었다.

아버지는 특별히 돈을 아끼지 않았다. 있으면 있는 대로 썼다. 경마든 경륜이든 상관없었다. 가끔은 해외여행도 갔다. 누구와 갔는지는 잘 모른다.

언젠가 진짜 총을 쏴 보고 싶다며 미국 어딘가에 가서 총을 쏘고 왔다. 아버지가 맞췄다는 과녁을 가져와 보여 준 적도 있다. 또 한번은 산 오징어가 먹고 싶다며 오징어잡이 배를 타고 바다로 나가 진짜 산 오징어를 먹고 온 적도 있다. 물론 집에 돌아올 때는 빈손이었다. 혼자만 가고, 혼자만 맛있는 것을 먹고 왔다.

"아버지는 행복한 인생이었어. 좋아하는 것은 다 했거든."

지난 추석 연휴 때 엄마와 이바라키에 있는 초대형 목욕탕에 갔다. 그때 엄마는 그렇게 말했다. 그날은 내 생일이기도 했다.

"맞아. 정말 행복했을 거야."

나는 그렇게 응수했다. 제법 많은 월급을 받았던 아버지는, 육아를 비롯해 모든 집안일을 엄마에게 맡긴 채 자기만의 즐거움을 위해 월급의 대부분을 썼다. 아버지는 매일 밤 술을 마시며 돌아다녔는데, 매일 밤 술을 마시고 다닐 만한 돈이 있었다는 것이, 혼자 힘으로 한 달, 한 달을 살아야 하는 지금의 내게는 너무나 경이로운 사실이다.

목욕탕에서 나온 우리는 근처 식당으로 갔다. 엄마는 튀김 덮밥을 먹고, 나는 맥주와 야채 튀김을 먹었다. 한적한 이바라키 교외라 식당은 텅 비어 있었다.

"이런, 에리코 생일이라고 준비한 봉투가 있었는데 집에서 안 갖고 왔네!"

엄마는 아쉽다는 표정을 지었다.

"괜찮아. 나도 이제 돈 벌잖아."

내가 그렇게 말했지만 엄마는 여전히 아쉬운 표정을 지으며 말했다.

"하지만, 에리코를 많이 힘들게 했으니까…."

나는 그 말에는 대꾸를 하지 않았다. 사실 나는 가족 문제로 고생을 많이 했다. 돈 문제도 그렇고, 늘 부모의 눈치를 보며 살았다. 하지만 부모님이 없었더라면 지금 난 이렇게 살고 있지 못할 것이다. 더구나 나보다 못한 처지의 사람들도 많은 것이 사실이다.

"그렇게 많이 힘들게 한 건 아니야. 엄마는 잘했어."

그 말은 사실이다. 아버지 같은 사람과 살면서 두 아이를 키운 엄마가 대단하다고 생각한다. 그렇지만 생각은 언제나 한 점으로 귀결된다.

'왜 아버지와 결혼했을까?'

'왜 좀 더 좋은 사람과 결혼하지 않았을까?'

속으로 그런 말을 중얼거리며 맥주를 마셨다. 잔을 비우고 크게 숨을 쉬고 나자 눈부신 여름 햇살이 눈에 들어왔다.

"이제 가 볼까?"

내 말에 엄마가 고개를 끄덕였다. 이번 추석 연휴에는 엄마와 목욕만 한 게 다다. 우리 가족은 이제 엄마만 남았다.

14

가족이라는

연극을 끝내고

오늘은 교토에서 열리는 토론회 참
석을 위해 아침 일찍 집을 나섰다. 지금 교토로 가는 신칸센
안에서 이 글을 쓰고 있다.

생각해 보면 꽤 멀리 왔다는 생각이 든다. 불우한 가정에
서 자라고, 날마다 죽기를 바랐던 적이 있다. 블랙 회사(일본에
서 노동 조건과 취업 환경이 열악하고 직원에게 과중한 부담을 강요하는 회사를
일컫는 말)에 취직한 뒤 자살을 기도하고, 정신병원에 입원하기
도 했다.

퇴원한 뒤 한동안 엄마와 함께 지내다가 얼마 뒤 엄마의 도
움을 받으며 혼자 살기 시작했다. 결코 행복하다고 할 수 없는

인생이었지만 이제야 겨우 숨통이 트이는 날들이 계속되고 있는 것도 사실이다.

물론 파트 타임으로 일하면서 사는 것은 결코 쉽지 않다. 월급은 늘 그대로이고 상여금도 없다. 그런데도 세금은 계속 오른다. 하지만 지금 작가로서 글을 쓸 수 있는 것은 행복하다. 언제까지 이 일을 할 수 있을지 모르지만 내 생활을 편안하게 해 주고, 덕분에 내 삶의 지평이 넓어지고 있는 것은 사실이다. 늘 새로운 사람들을 만나고, 늘 새로운 곳에 갈 수 있다는 것도 내 일의 큰 장점이다.

◇◇◇◇◇

우리 가족 이야기를 하면서 빼놓을 수 없는 것은 내가 대학교 1학년 때 있었던 일이다. 내가 초등학생일 무렵 할머니는 할아버지를 잃은 뒤로 피해망상이 점점 심해져 갔다. 할머니는 이웃이 자기를 싫어하고 괴롭힌다며 이사를 가고 싶어 했다. 그래서 할머니와 함께 살고 있던 고모는 큰 단독주택을 구입해 이사를 했다.

하지만 여기에는 내막이 있었다. 고모에게 단독주택을 사라고 권유한 것은 아버지였다. 원래 고모는 회사 근처에 있는 아파트를 사려고 했다. 하지만 아버지는 회사에서 좀 멀어도 전철역 주변의 단독주택을 사는 것이 좋겠다며 고모를 설득했다. 결국 고모는 아버지의 뜻대로 단독주택을 샀다. 그 집은 우리 집에서 가까웠다.

그 뒤 내가 고등학교 3학년 때 할머니가 돌아가셨다. 할머니가 돌아가시자 결혼하지 않은 고모가 혼자 살기에는 집이 너무 넓었다. 이층집인데다 방은 거실을 포함해 네 개나 되고 작은 마당까지 있었다. 어느 날 아버지는 우리에게 이렇게 말했다.

"누이동생 혼자 그 집에 사는 건 아무래도 안쓰러워서 안될 것 같아. 그래서 우리가 그 집에 들어가 살면 어떨까 하는 생각이야."

아버지의 갑작스러운 제안에 우리는 몹시 난처했다. 아버지에게는 가족일지 몰라도 우리에게 고모는 다른 사람이다. 무엇보다 고모는 성격이 까다로워서 나는 정말로 같이 살기 싫었다. 아버지가 없는 자리에서 엄마는 내게 이렇게 말했다.

"계획적이었던 거야. 처음부터 함께 살고 싶어 큰 집을 사게 했던 거야."

엄마의 말은 그럴듯했다. 이런 상황이 될 것은 누구라도 예상할 수 있었기 때문이다. 태어난 순서로 따지면 할머니가 가장 빨리 돌아가신다. 남은 고모가 그 큰집에서 혼자 살고 싶어 하지 않을 거라는 사실은 누가 봐도 그럴듯하다.

아버지는 고모 집으로 들어갈 생각을 했지만 엄마와 나는 망설여졌다. 그 무렵 오빠는 취업을 해 따로 살고 있었다. 고모는 우리와 같이 사는 것을 어떻게 생각했을까? 어느 날 고모 집에 놀러갔을 때 물어보았다. 뜻밖에도 고모는 긍정적이었다.

"혼자 살면 외로우니 함께 살았으면 좋겠어."

"같이 살지 않는 게 좋아, 고모. 무척 불편할 거예요."

나는 분명히 말했다.

"그렇지 않을 거야. 괜찮을 거야."

고모는 싱글벙글하며 말했다. 하지만 나는 고모를 잘 알고 있었다. 고모는 매우 인색한 사람이었고, 성숙한 사람이 아니었다.

고모는 해외여행을 좋아했다. 같이 갈 적당한 친구가 없었는지 어느 날 내게 같이 가자고 했다. 고등학교 2학년 여름 방학 때였다. 그때까지 나는 한 번도 외국에 가 본 적이 없었다. 고모는 이미 여러 차례 해외여행을 한 상태였다. 나는 여행 경비를 대준다는 말에 같이 가기로 했다.

고모는 뉴욕과 디즈니월드를 둘러보는 여행 코스를 짰다. 나는 미국에 별 관심이 없었지만 돈이 들지 않았기 때문에 아무 불평 없이 고모를 따라갔다.

뉴욕에 가면 그 유명한 아폴로 극장과 블루노트(뉴욕 최고의 재즈클럽)에 가 보고 싶었다. 하지만 고모는 브로드웨이만 고집했다. 그 때문에 뉴욕에 머무는 3일 내내 저녁이면 브로드웨이로 갔다. 그래도 나는 전혀 불평하지 않았다. 모든 여행 경비를 고모가 냈기 때문이다. 나는 레스토랑에 가면 가장 싼 음식을 골라 먹는 것으로 고모의 부담을 덜어 주는 것이 고작이었다.

그런데 1주일 남짓 여행을 끝내고 돌아왔을 때 고모는 내게 돈을 요구했다. 여행용 캐리어를 대여해 갔는데 그 돈을 내라는 것이었다. 겨우 몇천 엔이었다. 나는 그 돈을 고모에게 주었다. 고모는 정확하게 계산한 뒤 1엔 단위까지 거스름돈을 챙겨 주었다.

내가 "고모, 거스름돈은 안 주셔도 돼요"라고 하자 고모는 기쁜 듯이 "어머, 그래?" 하고는 동전을 자기 지갑에 넣었다. 큰 단독주택에 살 수 있을 정도로 돈에 여유가 있는 고모가 1

엔 단위까지 고집하는 것을 나는 이해할 수 없었다.

그리고 여행에서 돌아온 며칠 뒤였다. 할머니가 집으로 전화를 해서는 엄마에게 이렇게 말했다고 한다.

"여행하는 동안 에리코가 너무 무례하게 굴었다는구나. 여행을 보내 줬는데도 고모에게 고맙다는 말도 안 하고, 여행하는 내내 아무것도 안 해서 고모가 다 했다는구나."

나는 고모에게 고마웠다고 인사를 했는지 기억이 나지 않았다. 하지만 상식적으로 고맙다는 말을 하지 않았을 리 없다. 모르긴 해도 몇 번이나 했을 것이다. 하지만 내가 비록 그런 말을 하지 않았다고 해도 어른인 고모가, 자신의 어머니인 할머니를 시켜 우리 집에 전화를 해 엄마에게 그런 말을 하게 한 것은 아무리 생각해도 이해가 가지 않았다. 어린아이나 하는 행동이었기 때문이다.

나는 아직 고등학생이었고, 더구나 외국 여행은 처음이었다. 내가 고모를 안내하며 다닐 수는 없는 노릇이었다. 고모는 1년에 두 번씩이나 외국 여행을 하고 영어 회화 학원에도 다니고 있었으니 여행을 가서 내가 모든 것을 고모에게 맡기는 것은 당연한 일이었다.

엄마는 할머니의 말에 몹시 화가 나 "그럼, 여행 경비를 모두 돌려 드릴게요"라고 말했다. 실제로 엄마는 돌려주려고 했는데 고모가 거절해서 그 이야기는 없던 것으로 되고 말았다.

이런 식의 소소한 이야기는 수없이 많다. 어쨌든 나와 엄마는 고모를 별로 좋아하지 않았다. 하지만 내가 대학 1학년 때 아버지의 설득에 결국 엄마는 두 손을 들고 말았다. 시험 삼아 한번 살아 보고 안 되면 다시 나오기로 하고 엄마와 아버지는 고모 집에 들어가 살기 시작했다. 나는 절대 가고 싶지 않았기 때문에 본가에 머물기로 했다.

엄마와 아버지는 조금씩 짐을 옮기기 시작했다. 그리고 어느 화창한 일요일, 두 사람은 완전히 고모 집으로 이사를 했다. 집을 나서면서 엄마는 몇 번이나 확인했다.

"혼자서도 잘할 수 있지?"

그렇게 말하는 엄마의 얼굴이 조금 슬퍼 보였다.

"괜찮아, 나 이제 어른이야."

나는 최대한 웃는 얼굴을 했다. 불안감과 불편한 표정을 한 엄마를 보내고 힘차게 냉장고 문을 열었다. 냉장고에는 오래 두고 먹어도 되는 장아찌 같은 반찬들이 잔뜩 들어 있었다. 엄마가 나를 위해 남겨 놓은 것들이었다. 나는 그것들을 쓰레기통에 죄다 쏟아 버렸다. 분노로부터 벗어난 자유로운 해방감이 느껴졌다. 고모의 집을 가로챈 아버지, 따를 수밖에 없는 엄마, 아무것도 할 수 없었던 나.

냉장고를 비우고 청소기를 돌렸다. 우리 집은 언제나 지저분했다. 좁은 집에 넷이나 살고 있었으니 깨끗하게 유지하기가 쉽지 않았다. 지저분한 바닥에는 늘 음식 찌꺼기가 붙어 있어 걸을 때마다 발바닥에 달라붙었다. 여간 찝찝한 게 아니었다.

문득, 몇 년 동안이나 바닥에 깔려 있는 카페트 때문이란 것을 깨달았다. 나는 카페트를 걷어 냈다. 말라비틀어진 음식물 찌꺼기와 머리카락, 죽은 벌레 같은 것들이 가득했다. 나는 씩씩거리며 청소기를 돌렸다. 집 안의 온갖 더러운 것들부터 버려야겠다는 생각이 들었다.

나는 그 좁은 집에서 20년을 살았다. 그 집은 무대였고, 우리 가족이 공연한 것은 비극이었다. 관객은 없었지만 우리는 가족을 연기했다. 하지만 분명 무리가 있는 연극이었다. 우리는 함께 살면서 불행했다. 우리는 다시 개인으로 돌아가야 한다. 모든 불행은 서로 의지하려는 데서 비롯된다.

엄마는 아버지를 나쁘게 말했지만 아버지에게 경제적으로 의존했던 엄마도 나쁘다고 생각한다. 이혼하고 싶어 하면서도 이혼하지 못한 것은 엄마였다. 집안일과 육아를 도맡아 했던 엄마는 아버지를 아무것도 할 수 없는 사람으로 만들어 버렸다. 밥을 하거나 세탁기를 어떻게 돌리는지 모르는 남자가 된 것은 엄마가 아버지를 그렇게 만들었기 때문이다.

방 두 개와 거실을 청소하고 걸레질을 했다. 이 집에 살게 된 뒤부터 쌓여 있던 온갖 쓰레기를 모두 밖으로 들어냈다. 청소가 끝나고 피곤한 몸을 거실 바닥에 뉘었다. 시원한 바람이 불었다. 눈을 감았다. 지금까지 경험해 보지 못했던 평온함이 밀려왔다.

'오늘 밤은 아무도 집에 없다. 내일도 아무도 없다. 모레도, 또 그다음 날도….'

해 질 녘에 밖으로 나가 슈퍼로 갔다. 제대로 된 요리를 하기 위해서는 이것저것 준비할 것이 많았다. 닭고기와 배추, 파, 두부를 샀다. 계산대에 줄을 서 있는 동안 지갑을 들여다

보았다. 내 수입만으로 제대로 된 생활을 할 수 있을까, 하는 생각이 들었다. 조금 불안한 마음이 든 것은 사실이지만 자유로워진 기쁨이 더 컸다.

집에 돌아와 뚝배기에 물을 붓고 대충 썬 재료를 넣고 팔팔 끓였다. 뜨거운 닭 가슴살을, 마늘과 파를 썰어 넣어 만든 양념장에 찍어 먹었다. 씹을 때마다 닭고기 맛이 입안 가득 퍼졌다. 캔 맥주도 시원하게 한잔 마셨다.

생각해 보면 우리 집은 늘 여러 가지 소리로 가득했다. 내가 그날 하루 있었던 일을 엄마에게 종알대는 소리, 아버지가 부르는 노랫소리, 엄마가 나와 오빠를 재촉하는 소리, 오빠가 여자친구를 데려와 사랑을 나누며 내는 신음 소리, 나 혼자 이불 속에서 우는 소리…. 하지만 오늘부터는 아무 소리도 들리지 않을 것이다. 우리 가족이 내는 소리는 이제 멈추었다. 오늘부터 나는 혼자 이 집에 산다.

청소를 좀 더 하고 새로운 집에서 새 생활을 시작했다. 애증에 시달리던 날들은 마침내 종말을 고했다. 아이러니하게도 아버지의 이기심 덕분에 우리 가족은 각자의 행복을 찾아갈 수 있게 된 것이다.

목욕을 하면서 온몸을 구석구석 씻었다. 텔레비전을 보면서 드라이기로 머리를 말렸다. 혼자 살기에는 조금 넓은 집이었지만 쾌적한 것이 무척 마음에 들었다.

밤이 깊어지자 텔레비전을 보다가 오늘 빨아 뽀송뽀송하게 말린 이불 속으로 들어갔다. 향기로운 냄새가 났다. 숨을 깊이 들이마시고 눈을 감았다.

'아, 얼마나 평화로운 밤인가!'

그리고 곧바로 잠이 들었다. 이전에는 결코 경험해 본 적이 없는, 아주 달콤한 잠이었다. 그동안 불안 속에서 숙면을 취하지 못한 것은 아마도 가족 때문이었을지도 모른다.

그날 나는 정말 멋진 꿈을 꾸었다. 흰 꽃이 끝없이 이어지는 멋진 곳을 걸었다. 긴 머리를 한, 남자인지 여자인지 모르는 사람이 나에게 사탕을 줬다. 사탕을 입에 넣자 향긋하고 부드러운 단맛이 입안에 가득 퍼졌다. 하늘은 높고, 끝없이 펼쳐진 꽃밭에서 뒹굴던 나는 꿈속에서 또 꿈을 꾸었다.

아침에 눈을 떴다. 당연하지만 아무도 없었다. 태어날 때부터 있던 가족이 없는 공간은 어쩐지 익숙하지 않았다. 그래도 외롭다는 것을 느끼지 못했다.

밥통은 보온에 불이 들어와 있었고, 안에는 어제 먹다 남은 밥이 들어 있었다. 냄비에 물을 붓고 두부를 대충 썰어 넣었다. 과립 육수를 넣고 된장을 푼 뒤 불을 켰다. 된장국 끓이는 법은 학교에서 배웠기 때문에 어렵지 않았다.

프라이팬에 기름을 두르고 달걀 두 개를 깨 넣었다. 반숙 프라이를 만드는 방법은 엄마에게 배웠다. 된장국과 밥과 달걀 프라이를 식탁에 놓고 먹기 시작했다. 가장 먼저 달걀 프라이에 젓가락이 갔다. 된장국을 먹으며 이런저런 생각에 잠겼다. 혼자였으니 아무런 말이 필요 없었다.

파자마를 벗고 청바지와 셔츠로 갈아입었다. 가방에 교과서와 필기구를 넣고 집을 나섰다. 전철을 타고 학교로 향했다. 여느 때와 다름없는 풍경 속에서 오직 나만 새로웠다. 나는 마침내 혼자가 될 수 있었다.

15

공동의존(Co-dependency)의 시작

아침에 잠을 깼다. 공휴일이라 특별한 약속이 없었다. 잠시 이불 속에서 뒹굴다 느릿느릿 일어나 세수를 하고 이를 닦았다. 침대 시트를 벗겨 세탁기에 넣고 세제를 넣은 뒤 버튼을 눌렀다.

베란다에 이불을 널고 청소기를 돌린다. 화장실 청소를 마칠 때쯤 세탁기가 삑삑거리며 빨래가 끝났음을 알렸다. 세탁물을 꺼내 건조대에 널어 베란다에 내놓았다. 여름이 끝나가고 있었지만 햇살은 여전히 따가웠다.

잠옷을 벗고 셔츠와 청바지를 입었다. 간단히 화장을 하고 가방에 노트북을 챙겨 넣은 다음 집을 나섰다. 요즘은 집에서는 집중해서 원고를 쓸 수 없어 역 앞에 있는 카페로 간다.

카페에 도착해 레몬스쿼시를 시킨 뒤 담배 한 개비를 피웠다. 노트북을 켜고 일할 준비를 하는데 가족으로 보이는 사람들이 점심을 먹으러 우르르 들어왔다. 그들은 즐겁게 이야기를 나누며 햄버거와 나폴리탄(일본식 파스타)을 시켜 먹었다. 나도 모르게 한동안 그들을 쳐다보았다. 부럽다는 생각이 들었다.

나는 이런 곳에 와서 가족끼리 점심을 먹은 적이 없다. 패밀리 레스토랑이란 것도 성인이 되어서야 알았다. 아버지가 우리를 데리고 외식을 하러 가긴 했지만 패밀리 레스토랑이나 패스트푸드점이 아니라 어른들이나 가는 고급 초밥집이나 프랑스 레스토랑 같은 비싼 곳들이었다. 물론 그곳 음식들은 맛있었지만 어쩌다 한 번 데려갔을 뿐이고, 그런 곳에 가서도 대화는 없었다.

나는 이 카페처럼 소박한 곳에서 가족끼리 오손도손 이야기를 나누고 싶었다. 하지만 결국 그런 경험을 해 보지 못하고 우리 가족은 해체되고 말았다. 그들에게서 눈을 떼고 노트북으로 시선을 옮긴다. 우리 가족은 내게 어떤 의미였는지 생각하며 자판을 두드린다.

내가 대학을 졸업할 무렵 일본은 무척 불경기였다. 나는 많은 회사에 이력서를 넣었지만 어디에도 합격하지 못했다. 취업이 되지 않은 상태에서 졸업식을 마치고, 혼자 살고 있던 집으로 가 보니 엄마가 와 있었다.

"고모 집에서 다 같이 살기로 했어. 이번에는 에리코도 와야 해."

엄마는 무심하게 말했다. 나는 이사 준비를 했다. 그렇게 나의 자유로운 생활은 약 2년 만에 끝나고 말았다. 그리고 전문대를 졸업하던 해 봄부터 고모 집에서 살기 시작했다.

돌아가신 할머니 방을 쓰기로 한 나는 할머니가 자던 침대에서 자야 했다. 아니나 다를까 잠이 오지 않았다. 가장 싫어하는 할머니의 침대, 가장 싫어하는 고모의 집, 그리고 백수인 나.

고모 집 생활은 고통 그 자체였다. 우리 가족의 생활 패턴은 아무 의미가 없었다. 오직 고모의 규칙을 따라야 했다. 욕실에는 머리카락 한 올도 흘리지 말아야 했다. 부엌에서 생선을 구우면 냄새가 나니 생선 요리도 할 수 없었다. 그 규칙에는 아버지와 엄마도 견딜 수 없었던지 2층에 작은 부엌을 만들었다. 엄마는 그곳에서 생선을 구워 밥상에 올렸다.

가족이 함께 살게 되었지만 생활은 더 삭막해져 갔다. 할 일이 없는 나는 아침부터 술을 마셨고, 술에 취한 채 인터넷 게임을 했다. 외로움이 밀려오면 대학 친구들에게 전화를 걸었다.

"집에서 나와."

친구들은 한결같이 그렇게 말했다. 나는 엄마에게 집을 나가고 싶다고 말했다. 내 생활을 잘 알고 있던 엄마는 뜻밖에도 선뜻 허락했다. 엄마와 나는 도쿄로 가서 함께 집을 알아보기 시작했다. 다행히 네리마구(도쿄 북서쪽 외곽) 쪽에 싼 아파트가 있어 계약할 수 있었다.

그때 일을 생각하면 지금도 잘 모르겠다. 나는 내 의사로 집을 나왔다고 생각했지만 사실 처음부터 내게는 집이 없었다. 이사 비용은 엄마가 대 줬고, 나는 쫓겨나듯 고모 집에서 나와 다시 혼자 살기 시작했으니. 고모 집으로 들어가기 전 2년 동안 혼자 살긴 했지만 공과금을 비롯해 각종 생활비를 엄마에게 의지하고 있었다. 그러니 엄밀한 의미에서 독립은 아니었다. 그러므로 네리마구에서의 자취는 실질적인 첫 독립

생활인 셈이었다.

　집에서 나온 뒤 구인 잡지를 뒤적이며 일자리를 찾는 날들
이 계속되었다. 사무 일을 알아보고 있던 내 눈에 편집 일이
눈에 들어왔다. 편집 일은 평소 내가 하고 싶어 하던 일이었
고, 대학 때도 편집 아르바이트를 한 적이 있었다.

　한 편집 회사에 지원을 했더니 면접을 보러 오라고 했다. 회
사는 아파트를 사무실로 개조한 곳이었다. 면접이 끝나자 사
장은 그 자리에서 합격했다고 말해 주고는 당장 출근하라고
했다. 그 회사에서 펴내는 애로 만화의 편집이 내가 해야 할
일이었다.

　일은 힘들고 보험도 들어 주지 않았다. 게다가 초과근무 수
당도 없이 월급 12만 엔이 전부였다. 고등학생 때부터 정신과
치료를 받았던 나는 엄청난 업무에 지쳐 조금씩 병세가 악화
되어 갔다.

　회사 일은 고되었고 경제적으로 궁핍한 현실에 직면하자
내 정신은 한순간에 무너지고 말았다. 나는 모아 두었던 향정
신성 약을 한 움큼 삼키고는 자살을 시도했다. 스물두 살 가
을 무렵의 일이었다.

중환자실로 옮겨져 인공투석을 받았다. 3일 동안 혼수상태에 빠져 있던 나는 거의 죽어가고 있었다. 병원에서는 부모님에게 죽거나 장애가 남더라도 이의를 제기하지 않겠다는 각서를 쓰게 했다. 혼수상태에서 깨어나 눈을 떴다. 의사와 간호사가 나를 보고 있었다. 잠시 뒤 다시 눈을 뜨자 부모님이 나를 내려다보며 울고 있었다.

퇴원한 뒤 곧바로 정신병원에 입원했다. 한 달 반 동안의 정신병원 생활은 지루하기 짝이 없었지만 과도한 업무와 경제적 궁핍에서 벗어나면서 조금씩 건강이 회복됐다.

아무것도 하지 않아도 매일 깨끗한 잠자리와 식사가 제공되는 것이 고마웠고, 자살하기 전에는 친구가 없어 외로웠지만 다른 입원 환자와 이야기를 나누면서 외로움에서 벗어날 수 있었다.

엄마는 내 아파트에서 생활하며 내가 입원한 병원을 오갔다. 엄마는 사흘에 한 번씩 면회를 왔다. 그렇게 지극정성으로 면회를 오는 사람은 엄마뿐이었다. 병원에서 외출을 허가받아 아버지와 엄마를 역 앞에서 만나기도 했다.

"잘 지냈냐, 에리코?"

아버지는 경마 신문을 옆구리에 낀 채 웃었다.

'아버지도 나를 걱정해 주었을까?'

아버지를 보자 문득 그런 생각이 들었다.

"뭐 먹고 싶어?"

아버지가 물었다.

"초밥이 먹고 싶어요. 병원에서는 날것을 안 주거든요."

어리광부리듯 그렇게 말하자 아버지는 씩씩하게 대답했다.

"그래, 그럼 초밥집에 가자. 가장 비싼 것으로 시키려무나."

인심이 후하다는 것은 아버지의 큰 장점이었다. 고급 식당에서 초밥을 먹었다. 셋이서 함께 밥을 먹은 것은 무척 오랜만이었다. 나의 자살 시도와 정신병원 입원 때문에 가족이 다시뭉친 셈이었다.

"밥 먹고 에리코가 필요로 하는 거 사러 갈까요?"

엄마가 아버지를 쳐다보며 말했다.

"경마 레이스가 있어서…. 둘이서 가."

아버지는 그렇게 말하고 먼저 자리에서 일어났다. 정말 아버지다운 모습이었다. 아버지는 언제나 자신이 가장 소중한사람이었다.

퇴원하면 고모 집에 살 줄 알았는데 그게 아니었다. 엄마는 고모와의 생활이 불편했는지 고모 집에서 조금 떨어진 곳에 새로 살 집을 구해 놓은 상태였다.

"아버지도 여기서 살아?"

수리 중인 집 안을 둘러보면서 엄마에게 물었다.

"아버지는 고모 집에서 살 거야."

그 말을 듣자 이상하게도 아버지한테서 버림받은 기분이 들었다.

새로 이사한 집에서 엄마와 살기 시작했다. 생각해 보면 엄마는 어린 시절 나를 매우 차갑게 대했다. 그림을 잘 그려 상을 받아 와도 그 그림이나 상을 벽에 걸어 놓은 적이 없다.

어느 칠석날이었다. 탄자쿠(소원을 적은 색종이)에 아이돌이 되고 싶다고 쓴 적이 있다. 거창한 결심을 해서 그렇게 적은 것은 아니고 어린 마음에 아무 생각 없이 적은 것이었다. 그런데 그 탄자쿠가 마당에 떨어져 있었는데, 엄마가 그것을 주워 읽어 보더니 "이런 것을 적다니, 창피하지도 않니?"라고 했다.

나는 어렸을 때 엄마에게서 빨리 어른이 되도록 재촉받는다는 느낌을 받았다. 아이다운 행동이나 생각을 버리고 빨리 어른이 되라고 무언의 압력을 받는 것 같았다. 그런 것에 대한 달콤한 보상이었을까? 정신과 치료를 받기 시작한 뒤로 엄마는 나를 무척 살갑게 대했다. 집안일을 시키지도 않았다.

하지만 결과적으로 엄마의 그런 사랑이 나를 망쳐 놓고 말았다. 나는 요리나 빨래도 할 줄 모르는 사람이 되었다. 필요한 모든 것을 엄마에게 의지하다 보니 나중에는 내 인생을 망친 것도 엄마 탓으로 여겨졌다.

심리학에 공동의존(Co-dependency)이라는 말이 있다. 타인과 관계를 맺을 때 불평등을 받아들임으로써 자신의 정체성을 찾는 상태를 뜻하는 말이다. 주로 알코올 중독자 가족에게 쓰는 말이다.

알코올 중독 환자가 잘못을 저지르면 가족이 모두 뒤치다꺼리를 한다. 언뜻 보면 가족이 좋은 일을 하는 것처럼 보이지만 그 때문에 중독 환자는 술을 끊지 못한다. 환자를 돌보는 가족 또한 환자와의 관계에 의존하고 있는 셈이다.

엄마는 나를 돌봐 주었다. 음식을 만들고 빨래도 하고 관공서 일도 대신 해 주었다. 하지만 엄마의 그런 행동은 내게서 스스로 살아갈 수 있는 생활 능력을 빼앗아갔다. 혼자 살 때는 요리를 비롯해 내 일을 스스로 할 수 있었는데 엄마와 함께 살고부터 나는 아무것도 할 수 없는 사람이 되고 말았다.

엄마는 나를 돌보면서 병든 딸을 돌보는 행위에 의존했다. 나도 엄마의 도움을 거절하지 않았다. 돌보는 사람과 돌봄을 받는 사람이라는 역할을 서로 떼어 놓을 수 없어 그 관계에 빠져들고 말았다. 그런 생활은 10년 가까이 계속되었다.

16

가부장제가
나쁘다

"지난 열흘 동안 남편 때문에 너무 힘들었어. 너무 괴로워. 오늘 아이들과 함께 근처 엄마들과 시간을 보낼 생각이었는데 도저히 웃는 얼굴로 나갈 자신이 없어. 루루가 죽은 지 1년 되는 날이기도 해서 기분도 무척 꿀꿀해. 괜찮으면 우리 집에 놀러 올래? 남편은 지금 출장 중이야."

휴일 아침, 에리에게 이런 메시지가 왔다. 휴일이라 썩 내키지 않았지만 가기로 했다. 에리는 돈 잘 버는 직장인과 결혼해 최근 도쿄 시내에 아파트를 샀다. 내가 보기에는 그 누구보다 행복한 삶을 살고 있는 사람이었다. 하지만 에리는 돈 잘 버는 남편이 있고 귀여운 아이들이 있다고 무조건 행복한 것은 아니라고 했다. 오히려 자기 일을 하면서 혼자 살고 있는 내가 부럽다고 했다.

내가 사는 치바에서 에리의 집까지는 전철로 1시간쯤 걸린다. 역을 빠져나와 애완견 묘지에 묻혀 있는 루루에게 줄 꽃을 산 뒤 에리의 집으로 향했다. 인터폰을 누르자 잠옷 차림의 에리가 나왔다. 점심때가 다 되어 가는데 세수도 하지 않은 에리는 몹시 무기력해 보였다.

"이런 차림으로 맞아서 미안해."

에리가 어색한 표정을 지으며 말했다. 아짱과 치군이 에리와 함께 침실에서 나오더니 나를 보고는 "이모!" 하며 달려와서는 다리에 달라붙어 재롱을 떨었다. 식탁에 앉아 오는 길에 사 온 츄하이를 열었다. 에리는 내가 오기를 기다리고 있었다는 듯 이야기를 쏟아냈다.

"아무리 일이 힘들어도 그래, 열흘 동안이나 나를 투명인간 취급하는 것은 너무 하잖아! '일이 바쁘다는 이유로, 아내니까 무슨 짓을 해도 된다고 생각하지 마. 부부로 살기 위해서는 서로 노력해야 하는 거야'라고 했더니, '지금 내 상황을 이해하지 못하는 당신이야말로 노력이 부족한 것 같은데'라고 하는 거 있지. 아침부터 인상 찡그리고, 저녁에도 잘 자라는 말도 안 하길래 '그 정도는 할 수 있잖아' 했더니 '요 며칠 동안 당신은?' 하는 거야. 너무 분해서 '당신이 그렇게 싫어하는 집안일도, 애 키우는 것도 나 혼자 다 하고 있어. 당신이 해야 할 일까지 다 하고 있다고! 그런데도 계속 이런 식으로 나오면 나도 더 이상 참기 힘들어!' 그랬더니 아무 말 않고 듣기만 하더라고. 그런데 가만 보니 내 말에 무슨 생각을 하고 있는 것이 아니라 그냥 무시하고 있었던 거야. 너무 화가 나고 슬프기도 해서 방으로 들어가 울어 버렸어."

에리는 긴 속눈썹을 껌벅거리며 빠르게 이야기했다. 두 아이는 액체 장난감을 가지고 놀고 있었다. 엄마가 평소와 다르다는 것을 눈치챘는지 아이들도 활기가 없어 보였다.

나는 마음이 착잡했다. 가정 내에서 배우자에 대한 무시는 폭력이나 마찬가지다. 엄마의 우울과 짜증, 초조와 슬픔은 아이들에게 곧바로 전해진다. 나는 누구보다 그것을 잘 안다. 나자신이 그런 경험을 아주 많이 했기 때문이다.

엄마는 엄청난 가정 폭력의 피해자였다. 술에 취해 날뛰는 아버지에게 맞으며 "누구 덕에 밥 먹고 사는 줄 알기나 해!"라는 소리를 들어야 했다. 아버지의 폭력과 학대에 시달리던 엄마는 정신이 피폐해져 갔다. 그리고 아이러니하게도 아버지를 닮아갔다. 엄마는 나를 칭찬해 준 적도 없고, 따뜻하게 대해 주지도 않았다.

초등학교 저학년 때다. 엄마와 함께 그림을 그리다가 엄마가 그린 그림을 보고 내가 웃은 적이 있다. 내 눈에 엄마가 그림을 정말 못 그렸기 때문이다. 나는 "엄마, 진짜 그림 못 그리네" 하며 웃었다. 그런데 엄마는 그 말에 불같이 화를 내면서 연필을 집어 던졌다. 그날 나는 잘못했다고 몇번이나 사과를 해야 했다. 그때부터 나는 엄마가 무섭기 시작했다.

지금의 엄마는 옛날의 엄마와 완전히 다르다. 아버지와 별거하면서 나와 살기 시작한 엄마는 좋은 엄마가 되었다. 나와 같은 병을 가진 환자들의 보호자 모임에 열심히 참가해 다양한 정보를 얻어 오기도 한다. 당연히 내게 유익한 정보들이다. 내가 그림 전시회를 열 때면 일부러 와서 1만 엔이나 주고 그림을 사기도 한다. 그런 엄마를 보고 친구들은 엄마가 참 자상하다고 한다.

그런 말을 들으면 무척 당황스럽다. 지금의 엄마는 분명 자상하지만 어린 시절 엄마는 차갑고 무서웠다. 그게 아버지 때문이었다고 해도 내 마음속에는 씻을 수 없는 상처로 남아 있는 것이 사실이다.

요즘 텔레비전 뉴스를 보면 아버지에게 폭행을 당해 죽은 아이들에 대한 뉴스가 심심찮게 보도된다. 그런 뉴스를 보면 '의붓아버지의 폭력으로부터 왜 자식을 지키지 못했나?'라는 말로 세상 사람들은 엄마에게 책임을 추궁한다.

하지만 폭력적인 남편과 함께 사는 배우자가 정상적인 생활이 가능할 거라고 기대하는 것은 무리다. 폭력은 사람의 모든 것을 빼앗아버린다. 다정함이나 애정은 물론, 무엇이 옳고 그른지 판단할 능력까지 빼앗아버린다.

세상은 모성을 너무나 과대평가한다. 엄마는 무슨 일이 있어도 자식을 지켜야 한다고 생각한다. 엄마는 강하다. 그렇지만 신은 아니다. 그냥 인간일 뿐이다. 의외로 그런 사실을 잘 모르는 사람들이 많다. 나는 의붓아버지의 학대로 친자식을 잃은 엄마를 탓할 수 없다고 생각한다. 실제로 그런 뉴스를 볼 때마다 분노보다는 안타까운 생각이 더 먼저 든다.

나는 가부장제를 싫어한다. 아버지를 정점으로 하는 가족 형태는 필연적으로 여성 멸시로 이어진다. 자연히 남성은 존재 자체만으로 자신의 역할을 다한다고 믿는다. 심지어 훌륭하고 능력 있는 것으로 간주되기조차 한다. 그러다 보니 남성들은 능력과 상관없이 잘난 체하기도 한다.

의과대학 시험에서 같은 점수를 받았는데도 여자란 이유로 떨어지고, 그 숫자만큼 남자가 합격하기도 한다. 입사 동기인데도 남자는 여자보다 승진이 빠르고 월급도 더 많다. 같은 일을 하는데도 여자는 정규직이 되지 못하는 경우가 많다.

이런 현상이 일반적으로 벌어지다 보니 여성이 남성보다 열등하다고 생각하는 사람들이 많다. 무엇보다 가정에서 어머니가 아버지에게 순종하는 모습을 보며 자란 남성은 자신의 아내에게도 어머니가 했던 것과 같은 것을 요구한다. 이것이 현대의 남자들이다.

"에리, 직장을 가져. 스스로 돈을 벌면 많이 달라져."

잠자코 듣기만 하던 나는 조심스럽게 말했다. 나는 요즘 페미니즘에 관한 책을 많이 읽고 있다. '남편의 폭력에서 벗어나기 위해 해야 할 가장 중요한 것은 경제적 독립이다' 거의 모든 페미니즘 책에 그렇게 적혀 있다.

"무리야. 내가 할 만한 일이 없어. 마트 계산원을 해 본 적이 있지만 그때도 늘 계산이 맞지 않아 힘들었어. 그 말고도 이것저것 해 보긴 했지만 제대로 해낸 게 하나도 없어. 자신감이 많이 떨어진 상태야. 그저 우울하기만 해."

나는 에리의 등을 말없이 어루만져 주었다. 에리는 어른이 되고 난 뒤 ADHD(주의력결핍 과잉행동장애) 진단을 받았다. 그것이 직장 생활의 중요한 걸림돌로 작용하는지는 모르겠지만 직장 생활에 영향을 미치는 것은 분명할 것이다.

오랫동안 전업주부로 살아온 그녀가 다시 직장 생활을 하는 것은 쉽지 않을 것이다. 하지만 그것은 에리에게만 국한된 것은 아닐 것이다. 일본의 많은 여성들이 직면하고 있는 문제다.

엄마도 아버지에게서 벗어날 수 있을 정도로 많은 돈을 벌지는 못했다. 파트 타임으로 일하기는 했지만 가정 생활에 아주 조금 보탬이 되는 정도였다.

아이를 낳아 키우다 보면 직장 생활이 제한을 받고, 그러다 보면 경력이 단절되어 다시 예전의 직장으로 돌아가는 것이 힘들어진다. 이것이 여성의 현실이다. 여성은 어머니 대부터 이어져 내려오는 고뇌의 사슬에 여전히 매여 있다.

"그렇지만 에리, 도쿄 시내에 이런 멋진 아파트도 샀잖아! 난 평생 이런 곳에는 살지 못할 거야."

에리가 살고 있는 아파트는 위치도 좋고, 리모델링을 해 무척 깨끗했다.

"하지만 남편은 이 집구석에 대해 불만이 많아. 하긴 내가 좋아서 사긴 했지만."

그렇게 원하던 아파트를 산 그녀였다. 그런데 그런 말을 듣자 무척 당황했다. 정확한 가격은 모르겠지만 그녀의 아파트는 제법 비쌀 것이 분명했다. 물론 대출을 받았겠지만 갚을 수 있을 만큼 받았을 테니 그것은 문제가 되지 않을 것이다. 그렇다면 이렇게 좋은 집에 살면서 뭐가 불만일까? 무엇보다 부부가 의논해서 산 집일 텐데 그런 식으로 말하는 것이 이해가 잘 가지 않았다. 남편이 '집구석'이라 표현하는 이 집을 매일 청소하고 정돈하는 에리의 기분은 어떨까? 눈물범벅이 된 에리가 코를 훌쩍이며 울기 시작했다. 나는 에리의 어깨를 감싸고 다독여 주었다.

가끔 그런 생각을 한다. 만약 내가 결혼했더라면 어떻게 되었을까? 좋아하는 사람과 결혼해 아이를 낳고 가정을 꾸리는 것은 멋진 일이다. 진심으로 그렇게 생각한다. 하지만 눈앞에서 울고 있는 에리를 보니 나도 이렇게 되는 것은 아닐까, 하는 생각이 어쩔 수 없이 들었다.

"아이들 앞에서 부부가 싸우는 모습을 보여 주는 것도 아동 학대에 해당한대."

에리가 얼굴을 일그러뜨리며 말했다. 아이들에게 엄마 아빠의 나쁜 모습을 보여 주는 것이 아이들에게 유익하지 않다는 것을 적어도 에리가 알고 있다면, 나는 에리가 앞으로는 잘 헤쳐 나갈 것이라 믿어 주고 싶다. 가정에서 아이들에게 학대를 일삼는 사람들은 기본적으로 자신이 무슨 잘못을 저지르고 있는지 모르는 경우가 대부분이기 때문이다.

"뭣 좀 먹을까? 아이들도 밥 안 먹었지?"

내 말에 에리는 스마트폰으로 음식을 주문했다. 나는 아짱에게 다가가 작은 몸을 안아 번쩍 들어 올리며 말했다.

"와우, 높은데 올라가니 뭐가 보여?"

아짱은 아직 유치원생이라 쉽게 들어 안을 수 있다. 나도 어렸을 때 아버지가 번쩍 안아 높이 들어 올려 주곤 했다. 아버지는 나를 자전거 뒷자리에 태워 제법 멀리까지 가기도 했다.

여러 가지 이유가 있겠지만 결과적으로 내가 엄마보다는 아버지를 더 좋아하는 것은 아버지의 관심과 사랑을 더 많이 받았기 때문이다. 번쩍 들어 올려 두어 바퀴 돌고 난 뒤 아짱을 내리자 치군이 내게 다가와 마치 싸움을 걸듯 펀치를 날린다.

"한번 해 볼까?"

내가 주먹을 쥐고 권투 자세를 취하며 그렇게 말하자 치군도 재빨리 권법 자세를 취했다. 엉성하기는 둘 다 마찬가지였다.

"이얍!"

기합 소리를 내며 치군에게 주먹을 내밀었다. 치군은 잘도 피했다. 이번에는 치군이 마구 주먹질을 한다. 나도 치군 가까이 다가가 주먹을 날린다. 주먹을 날린다기보다 주먹으로 몸을 간지럽혔다고 하는 것이 정확할 것이다.

"꺄르르!"

치군은 깔깔깔 웃으면서 몸을 뒹굴었다. 그 모습에 나도 소리 내어 웃었다.

"에리코 고마워. 우리 아이들은 몸으로 하는 놀이에 많이 굶주려 있어."

'굶주려 있다'는 말에 나는 깜짝 놀랐다. 어감이 좋지 않았는데 느낌이 훅 다가왔기 때문이다. 나는 아짱과 치군 같은 귀여운 아이가 있고 아이들이 좋아한다면 왜 그렇게 놀아 주지 못하는지 잘 이해가 가지 않았다. 에리에게 그럴 만한 이유가 있는 것일까? 그리고 다음 순간, 내가 어렸을 때 아버지가 나와 함께 재미나게 놀아 준 이유를 알 것만 같았다.

그때 아버지에게는 여유라는 것이 있었다. 그래서 나를 번쩍 안아 올리며 "더 높이, 더 더" 하며 웃을 수 있었던 것이다. 돈을 함부로 쓰고, 집안의 모든 일을 엄마에게 맡겼으니 아이들과 놀 수 있는 여유가 있었던 것일 게다.

배달원이 따끈한 다코야키를 주고 갔다. 우리는 함께 먹은 뒤 집 안에서 숨바꼭질을 했다. 에리는 조금 기분이 나아진 것 같았다. 가족에 관한 책을 읽다 보면 '건강한 부부 관계가 자녀 성장에도 좋다'는 내용을 쉽게 발견할 수 있다. 좋은 말이고 맞는 말이지만 실천하는 것은 쉬운 일이 아니라는 것을 다시 한번 깨닫는다.

해가 진 뒤 에리의 집에서 나왔다. 밖으로 나오자 베란다에서 에리와 아이들이 손을 흔들고 있었다. 나도 손을 흔들었다. 에리의 집에도 가족이라는 이름의 단막극이 펼쳐지고 있는 중이었다. 나는 간절히 이 단막극의 끝이 해피엔딩이 되길 바랐다.

17

아버지도
희생자였을까?

아버지는 집에 돌아오는 시간이 늘 늦었다. 그것도 아주 늦었다. 아침에 나갔다가 그날 저녁에 들어오는 날은 드물었다. 대부분 다음날 새벽에 들어왔다. 초등학생 때 이웃집에 놀러 갔다가 친구 아버지가 이른 저녁에 돌아오는 것을 보고 무척 놀란 적이 있다.

"유코, 아빠 일 다 끝났어?"

나는 작은 목소리로 친구에게 물었다.

"무슨 소리야? 일은 5시나 6시에 끝났지."

친구는 바보 같은 질문을 한다는 듯 그렇게 말했다. 나는 너무나 놀랐다. 아버지가 늦게 집에 오는 것은 일이 끝나지 않앉기 때문이라고 생각했던 것이다. 아버지는 1년 내내 일이 힘들다며 내게 어깨를 주무르라고 했다. 나는 아빠의 넓은 어깨를 주무르면서 밤늦게까지 일하는 아버지가 훌륭하다고 생각했다. 아버지가 5시나 6시에 일을 마친다고는 꿈에도 생각하지 못했다.

"일은 벌써 끝났을 텐데 아빠는 뭐 하고 있는 걸까?"

어느 날 저녁을 먹은 뒤 텔레비전을 보면서 엄마에게 물었다.

"여자라도 만나고 있겠지."

나는 놀란 얼굴로 엄마를 쳐다보았다. 엄마 입에서 그런 말이 나오다니! 엄마의 얼굴에는 웃음기가 전혀 없었다. 돌이켜 보면 엄마는 거의 웃지 않았다. 감정이 없는 것은 아닐까, 하는 생각이 들 정도였다.

아버지에게 맞을 때도 울거나 화내는 일이 없었다. 조용히 참는 경우가 대부분이었다. 그런 엄마의 입에서 나온 아버지의 여자 문제에 대한 이야기는 놀랍기만 했다. 엄마는 뭔가를 알고 있었던 것일까?

돌이켜보면 아버지는 외모에 신경을 많이 썼다. 늘 배에 힘을 주며 배가 나오지 않게 조심했다. 구릿빛 피부를 만든다며 베란다에 알루미늄 깔개를 깔고 누워 있기도 했다.

아버지는 여자를 좋아했다. 초등학생 때다. 느닷없이 "에리코, 스낵바에 갈까?" 했다. 무슨 뜻인지 몰라 어리둥절한 표정으로 아버지를 쳐다보았다. 옆에 있던 엄마가 굳은 표정으로 말했다.

"무슨 소리예요? 애들이 가는 곳이 아니잖아요!"

아버지는 지지 않았다.

"뭐 어때? 세상 공부한다고 생각하면 돼."

나는 아버지와 엄마의 얼굴을 번갈아 쳐다보았다. 아버지는 웃는 얼굴로 내 대답을 기다리고 있었다. 내가 스낵바에 가지 않겠다고 하면 아버지가 기분 나빠할 거라는 생각이 들었다. 아버지의 기분이 나빠지면 결국 힘들어지는 것은 엄마였다. 그런 생각에 이르자, 나는 스낵바에 가기로 했다.

"갈게, 아빠."

내 말에 엄마가 말렸다.

"무슨 소리야, 에리코?"

하지만 아버지는 여전히 싱글거리며 말했다.

"역시 에리코야. 좋아, 가자!"

아버지는 윗도리를 걸치고 나갈 준비를 했다.

"안 돼, 에리코. 가면 안 돼!"

아버지와 함께 현관으로 나가는 나를 엄마는 여전히 말렸다.

"가지 마, 에리코!"

엄마의 얼굴은 심하게 일그러져 있었다. 감정 표현을 잘 하지 않는 엄마의 평소 모습과는 다른 모습이었다. 나는 엄마의 그런 반응에 깜짝 놀랐다. 엄마가 그렇게 못 가게 하는 스낵바는 정말 이상한 곳일까?

"정말 귀찮게 구는군. 세상 공부라니까!"

아버지는 그렇게 말하더니 내 손을 잡아당겼다. 나는 아버지 손에 이끌려 계단을 내려갔다.

스낵바는 학교 가는 도중에 있었다. 불 켜진 기둥 간판 옆에 있는 문을 열자 화장을 짙게 한 여자가 우리를 반겼다.

"어서 오세요. 어머, 딸이에요?"

아버지를 잘 아는 듯한 그 여자는 나와 아버지를 번갈아 쳐다보며 재밌다는 표정을 지었다. 구석진 곳에 자리를 잡은 아버지는 맥주를 시켰다. 뒤따라온 여자가 나를 쳐다보며 물었다.

"뭐 마실래? 콜라 한잔 마실래?"

여자의 말에 고개를 끄덕였다. 가게 안은 어두컴컴했고, 아

버지 말고도 몇 명의 아저씨들이 술을 마시고 있었다. 아버지
는 마치 친한 이웃집에 놀러 온 듯 편안한 얼굴을 한 채 앉아
있었다. 맥주를 한잔 마신 아버지는 가게 안쪽에 마련된 노래
방 기계 앞으로 가더니 노래를 부르기 시작했다.

나는 여자가 가져다준 콜라를 마시며 주위를 둘러보았다.
벽마다 벌거벗은 여자 사진들이 붙어 있었다. 어린 내 눈에도
분명 낯부끄러운 모습들이었다. 커피숍도 아니고 레스토랑도
아니었다. 술집과도 달랐다. 내가 어리둥절하고 있을 때 여자
가 내 앞에 앉았다.

"아가씨, 나이가 몇 살?"

여자의 목소리가 나긋했다. 아가씨라는 말에 얼굴이 화끈
했다.

"열 살이에요."

나는 어디를 봐야 할지 몰라 유리잔 안에서 터지는 탄산 거
품을 보고 있었다. 여자는 고개를 약간 옆으로 돌리더니 담배
에 불을 붙였다. 그리고 천천히 연기를 내뿜으며 작은 소리로
말했다.

"그렇구나."

어른이 되고 나서야 나는 스낵바가 어떤 곳인지 알았다. 스

낵바는 한마디로 노래를 부를 수 있는 술집이었으니 초등학생을 데리고 갈 만한 곳은 아니었다. 그런 의미에서 아버지는 최악이었다.

중학생 때에는 이상한 사건도 일어났다. 늦은 밤이었다. 텔레비전을 보고 있는데 전화벨이 울렸다. 전화를 한 사람은 아버지였다. 수화기 너머에서 아버지는 울고 있었다.

"왜 그래요, 아빠?!"

내가 깜짝 놀라자 아버지는 엄마를 바꾸라고 했다. 나는 어리둥절한 채 엄마에게 수화기를 건넸다. 궁금증이 일었던 나는 스피커폰 버튼을 눌렀다. 새로 산 전화기에는 자동응답 기능이 있었다. 작은 카세트테이프가 들어 있어 통화 내용을 녹음할 수 있었다. 나는 내친김에 녹음 버튼도 눌렀다.

"흑흑, 지금까지 정말 미안했어. 내겐 오직 당신뿐이야."

아버지는 울먹이는 목소리로 말했다. 굳은 표정의 엄마는 냉정하게 물었다.

"여자한테 차였어?"

나는 그런 말을 아무렇지도 않게 이야기하는 엄마에게 조금 놀랐다.

"흑흑흑…."

아버지는 말없이 울기만 했다. 아마도 엄마가 정답을 말했기 때문인 것 같았다. 나는 침착한 얼굴을 한 엄마 옆에서 폭소를 터뜨리고 말았다. 딸인 내가, 엄마가 아닌 다른 여자에게 실연당한 아버지를 현장에서 지켜본다는 것은 여간해서는 경험하기 어려운 일이 아닌가!

"오늘은 얼른 집으로 돌아와요."

엄마는 어린아이를 타이르듯 말했다. 목소리는 여전히 침착했다.

"미안해. 용서해 줘."

아버지는 엄마에게 간청하고 있었다. 어이없어하는 엄마 옆에서 나는 웃음이 멈추지 않았다.

"됐으니까 빨리 돌아와요! 오늘은 걸어와요!"

언제나 아버지의 명령대로 움직이던 엄마였지만 그날만큼은 강하게 나왔다. 잠시 뒤 아버지가 들어왔다. 초췌한 아버지는 말없이 외투를 벗었다. 나는 궁금한 것이 너무 많았지만 자세한 내용을 듣기는 힘들 것 같았다. 엄마도 세세히 캐묻지 않고 평소처럼 아버지를 대했다.

아버지가 여자에게 실연을 당했다는 그날 밤이 지나고 아침이 되었다. 우리 집은 여느 때와 같은 일상이 시작되었다. 마치 어제 아무 일도 없었던 것처럼 아침밥을 먹고 다들 집에서 나와 회사와 학교로 갔다. 그리고 아버지는 다시 횡포를 부리는 아버지로 돌아갔다. 술에 취해 소리를 지르고, 엄마에게 호통을 쳤다. 달라진 것이 있다면 아버지가 그럴 때마다 내가 그날 밤 녹음해둔 전화 목소리를 들려주는 것이었다.

"지금까지 미안했다… 내겐 당신뿐이야."

아버지는 무척 당황했고, 나는 그런 아버지의 모습을 즐거운 듯 바라보며 웃었다. 난폭하게 굴던 아버지도 자신의 목소리를 듣고 나면 화내는 것을 멈췄다. 하지만 아버지가 화를 낼 때마다 몇 번이나 틀었더니 어느 날 발끈했다. 그러고는 전화기에서 테이프를 꺼내 망가뜨려 버렸다. 그렇게 해서 세상에서 유일했던 아버지의 약점은 사라지고 말았다. 그런 사건이 있었지만 아버지의 바람기는 잦아들지 않았다.

린코라는 친구가 있다. 중학교 때부터 알게 된 린코와는 같은 고등학교를 다녔다. 린코와 나는 매우 사이가 좋아 고등학생이 되어서도 자주 수다를 떨었다.

"나 말이야, 역 앞 술집에서 아르바이트 하고 있는데, 요전에 네 아버지가 낯선 여자랑 왔었어."

린코는 아버지가 바람을 피운다는 최신 정보를 알려줬다.

"그렇구나. 우리 아버지 바람 잘 피워. 별로 놀랄 일도 아냐."

나는 아무렇지 않게 말했지만 속으로는 충격을 받았다. 바람을 피우더라도 좀 멀리 떨어진 곳으로 가서 피워야 하는 것이 엄마에 대한 예의가 아닐까, 하는 생각이 들었다. 아버지가 꽤 많은 여자와 바람을 피운 것은 알지만 정확히 몇 명의 여자와 피웠는지는 모른다. 물론 내가 모르는 여자도 꽤 많은 듯했다.

바람을 피운 것까지는 아니더라도 아버지는 여자가 나오는 술집에 자주 갔다. 어느 날 아버지가 뜬금없이 엄마에게 금팔찌를 선물했다. 엄마는 기뻐했지만 동시에 뭔가 짚이는 데가 있었는지 아버지 양복 주머니를 뒤졌다. 아니나 다를까, 주머니에서 영수증이 나왔다. 아버지는 똑같은 금팔찌를 세 개나 샀던 것이다. 엄마가 영수증을 들이대며 어떻게 된 것이냐고 묻자 아버지는 무덤덤하게 대답했다.

"선물 좀 한 걸 가지고 뭘 그래?"

아버지가 엄마에게도 금팔찌를 선물한 것은 엄마에 대한
죄책감 때문이었는지 모르지만 술집 여자에게, 그것도 두 명
에게나 금팔찌를 선물해 놓고도 아무렇지 않게 생각하는 것
은 엄마를 무시해도 너무 무시하는 태도가 아니었을까?

나는 연말에만 엄마 집에 간다. 아버지와 이혼하고 난 뒤
엄마와 나누는 이야기는 대개 아버지에 대한 험담이고, 내가
몰랐던 아버지에 대한 이야기들이 주를 이룬다. 어느 날 엄마
는 이렇게 말했다.

"아버지에게 20년이나 사귄 여자가 있었어. 헤어질 때 위자
료를 줄 돈이 없어 고모한테 빌린 것 같아."

그 이야기는 처음 듣는 것이었는데 실로 놀라웠다.

"20년? 그렇게나 오래? 도대체 내가 몇 살 때부터 그런 거
야? 위자료는 얼마였대?"

잔뜩 궁금한 얼굴로 엄마에게 물었다.

"2백만 엔이었다고 하나 봐."

엄마는 태연하게 말했다.

"2백만 엔? 독신 여자의 20년을 빼앗은 것 치고는 많지는
않네. 근데 아버지 나이에 2백만 엔이 없었나?"

나는 왠지 모르게 우스운 생각이 들어 소리내어 웃고 말았다.

"언젠가 아버지가 경정장 앞에서 고기말이 주먹밥집을 하고 싶다고 했잖아? 그때 그 여자에게 도움을 받으려고 했나봐."

나는 태연한 척했지만 속으로는 무척 놀랐다. 엄마는 계속 이야기했다.

"뭐랄까, 아버지는 그 여자에게 많이 의지하고 어리광도 부렸나 보더라고."

나는 기가 막혀 할 말이 없었다. 애인에게 가게 차리는 것을 도와달라고 하다니! 아버지는 무슨 생각으로 그랬던 것일까? '하고 싶은 대로 하고 살았으니 아버지는 행복했을 것이다' 아버지에 대한 이야기를 하다 보면 엄마와 나는 늘 이런 결론에 도달했다.

하지만 아버지는 지금 엄마와 이혼했고 고모와 둘이 살고 있다. 오빠도 아버지에게 질려 거의 만나지 않고, 나도 10년 이상 아버지를 만나지 못했다. 아버지는 자신이 만든 가족과는 인연이 끊긴 셈이다. 하고 싶은 대로 하고 산 대가일까?

엄마의 이야기로는 아버지의 아버지, 그러니까 할아버지도 상당히 엉망이었던 것 같다. 내 기억 속에 남아 있는 할아버지는 다정한 분이었기 때문에 엄마의 이야기는 무척 충격적이었다.

할아버지도 아버지처럼 술을 마시면 난폭해져서 할머니에게 폭력을 휘둘렀다고 한다. 물론 바람도 많이 피웠다고 한다. 그 때문에 할머니가 무척 고생했다는 말도 했다.

가족 관련 책을 보면, 아버지가 엄마를 때리는 가정에서 자란 남자아이는 어른이 되면 대부분 자신의 아내를 때리는 것으로 나온다. 그런 것을 생각하면 어쩌면 아버지도 피해자였는지 모른다. 부부가 아이 앞에서 폭력적인 행위를 보여 준다는 것은 그 자체로 아이에게 폭력을 행사하는 것이나 마찬가지인 셈이다.

어린 시절 상처받은 아버지는 그 상처를 고스란히 지닌 채 어른이 되었다. 그리고 자신이 꾸린 가정에서는 가해자가 되었다. 그런 가정에서 자란 나는 자존감이 낮고, 나 자신과 다른 사람에 대한 신뢰가 낮은 사람으로 성장했다. 가족의 역사는 그렇게 되풀이되어 가고 있었다.

10대 때는 결혼해서 나만의 행복한 가정을 꾸리면 그 모든 악순환이 끝날 것이라 생각했다. 하지만 바람피우는 아버지와

매 맞는 엄마를 보며 나는 결코 결혼하지 않을 것이라 다짐했
다. 내 대에서 반드시 그 악순환을 끝내리라 결심했다.

18

해
체
된

가
족

오늘은 아짱과 외출하기로 했다.

"에리코 이모, 오래 기다렸어요."

친구 에리의 손을 잡고 온 아짱은 미키마우스 셔츠에 라이더 재킷을 입고 있어 어른스러워 보였다.

"오늘을 무척 기다렸대. 잘 부탁해, 에리코."

친구에게 아짱을 넘겨받은 나는 개찰구를 지나 플랫폼으로 가면서 말했다.

"오늘은 같이 옷도 사고, 아이스크림도 먹고, 토이저러스(세계적인 장난감 체인 회사)에도 갈 거야."

"와, 신난다! 아짱은 H&M(세계적인 의류업체)에 가고 싶어."

나는 고개를 끄덕이며 대답했다.

"그래, 얼른 가자."

내 허리 근처까지밖에 안 오는 아짱은 들뜬 표정을 감추지 못한다. 나도 기뻐하는 아짱에게 웃는 얼굴로 화답한다.

가족은 만들고 싶지 않지만 아이가 싫은 것은 아니다. 단지 내 아이는 갖고 싶지 않을 뿐이다. 내가 싫어하는 나 자신을 닮은 아이를 사랑할 자신이 없다.

내가 아짱을 좋아하는 것은 나와 피가 섞이지 않아서다. 아짱에게서 내 모습을 보는 일은 결코 없다. 아마 나는 내 피를 싫어하는 것 같다. 그렇다면 나는 왜 남의 아이를 이렇게도 좋아하는 것일까?

내가 어린 시절 받지 못한 것을 줄 수 있기 때문이다. 나는 어렸을 때 오늘처럼 옷을 사러 나간 적이 거의 없다. 엄마가 특별 세일로 사 온 옷들을 불평 한마디 하지 못하고 입기만 했다. 내게는 내가 좋아하는 옷을 고를 자유가 없었다.

언젠가 아버지와 외출했을 때다. 옷을 더럽혀 급히 갈아입을 옷을 사야 했던 적이 있다. 아버지는 근처 백화점으로 데리고 가더니 입고 싶은 옷을 고르라고 했다. 백화점에는 엄마가 사 오는 것들과 달리 멋진 옷들로 가득했다. 나는 그중 바다 색깔이 나는 하늘색 원피스를 골랐다. 내 기억에 1만 엔 정도 했던 것 같다.

그 옷을 입고 집에 갔더니 엄마는 옷이 예쁘다며 아주 좋아했다. 그런데 값을 물어보더니 금방 얼굴색이 변했다. 그러고는 터무니없이 비싼 옷을 샀다며 심하게 화를 냈다.

나는 왠지 내가 나쁜 짓을 했다는 느낌이 들어 그 원피스를 입을 수 없었다. 게다가 평소 내가 입고 다니는 옷과 달리 너무 고급스러워 학교에 입고 가기도 부끄러웠다. 엄마는 시간이 한참 지난 뒤에도 그 원피스에 대한 원망을 멈추지 않았다. 이제 어른이 된 내가 아짱이 좋아하는 옷을 사 주고 싶은 것은 내가 좋아하는 것을 사지 못했던 과거의 나에게 주는 선물인 셈이다.

신주쿠의 H&M에 도착해 어린이 옷 코너로 향했다. 내가 어렸을 때는 옷이 꽤 비쌌는데 요즘에는 많이 싸졌다는 생각이 들었다.

"아짱, 어떤 옷이 좋아? 이 유니콘 귀엽지 않아?"

H&M 매장의 옷들은 대중적이고 디자인이 세련된 것이 많

아 어른들의 눈도 사로잡기 충분했다.

"이 체리 무늬가 좋아."

아짱은 늘 입던 것과 달리 앳된 무늬를 골랐다. 아짱의 엄마는 멋 부리기 좋아하고, 아이의 옷도 어른스러운 스타일로 입히기 좋아한다. 체리 무늬는 아짱 엄마가 싫어할 수도 있을 거라는 생각이 들었지만 아짱이 너무 마음에 들어 해 그 옷을 사기로 했다. 내친김에 빨간색 체크 무늬 치마도 샀다.

"체리랑 체크 무늬가 합쳐지면 크리스마스 분위기가 날 것 같아."

아짱은 천진난만하게 웃으며 말했다.

"산타할아버지가 올해는 어떤 선물을 주실까?"

아짱에게 그렇게 물었지만 내게는 크리스마스에 산타가 온 적이 없다. 이유는 모르겠지만 우리 집에서는 엄마나 아빠가 산타가 되어 나와 오빠에게 선물 주는 일을 하지 않았다. 그러다 보니 크리스마스 선물은 받았지만 산타 할아버지라는 동화 속 존재는 없는 것으로 여겼다. 친구들끼리 산타할아버지가 있는지 없는지를 놓고 입씨름이 벌어질 때면 나는 늘 짜증이 났다.

"산타는 없어!"

내가 그렇게 톡 쏘아붙이면 나를 향해 진심으로 화를 내는 친구도 있었다. 나는 그렇게 친구를 화나게 하면서 속으로는 슬프기만 했다. 산타가 오는 집은 당연히 행복하지 않겠는가? 엄마 아빠로부터 극진한 사랑을 받고 있는 그 친구가 내 마음을 알 리 없을 것이었다. 그렇게 나는 산타 이야기만 나오면 입술을 깨물었다. 그렇다고 어린 시절의 기억이 온통 우울한 것만은 아니다.

20대 때부터 방 안에만 틀어박혀 있던 나는 서른 살 되던 해 집을 나와 혼자 살았다. 그때 엄마는 나를 많이 걱정했다. 감기에 걸려 자리에 눕기라도 하면 야채나 과일을 들고 나타나기도 했다. 그럴 때마다 나는 그러지 말라고 했다.

은둔형 외톨이가 되어 있는 내게 친절하게 대하는 엄마의 행위는 독이나 마찬가지였다. 엄마의 관심은 내게서 마지막으로 남아 있는 살아갈 힘마저 빼앗아가는 것이었다. 아버지도 혼자 살고 있던 내가 마음에 걸렸는지 집을 나온 지 반년 정도 지났을 때 갑자기 연락이 왔다.

"에리코, 엄마한테 주소를 물어봤다. 집 앞에 와 있어."

나는 깜짝 놀랐다. 내가 스물두 살 때부터 아버지와 엄마는 별거를 했다. 엄마와 살았던 나는 어른이 되어서는 아버지와 만나는 일이 거의 없었다. 그러므로 아버지를 만나는 것은 정말 오랜만이었다. 하지만 나는 기뻐할 수 없었다. 당시 나는 치바의 낡은 연립에서 혼자 살고 있었다. 직업도 없었다. 유일한 외출은 병원 정신과에 가는 것이었다.

그즈음 나는 취업을 하고 싶어도 할 수 없는 나 자신에 대해 화가 많이 나 있었다. 내 인생이 그렇게 된 것은 전적으로 부모 탓이라고 생각했다. 가고 싶은 대학에 못 가게 할 때도 부모의 말에 그대로 따랐다. 좋아하는 것을 사 달라고 한 적도 없다. 어릴 때부터 봐야 했던 부모의 격한 싸움도 견뎌야 했다.

한창 일할 나이가 되어도 일을 할 수 없다는 것은 내가 자란 환경에 원인이 있다고 믿었다. 내가 지금 이렇게 초라한 실패자의 삶을 살고 있는 것은 아버지 때문이라고 생각했던 것이다.

"아버지, 죄송하지만 만나고 싶지 않아요."

작지만 분명하게 내 의사를 밝혔다.

"왜 그래? 집 앞까지 왔는데. 마트에서 안주와 술도 사 왔어."

"다시는 보고 싶지 않아요. 정말 죄송하지만 돌아가 주세요."

내 목소리는 낮았지만 뜻은 확실했다. 반가운 얼굴로 아버지를 대할 자신이 없었다. 옛날처럼 영화나 책 이야기로 재미난 분위기를 만드는 건 불가능할 것 같았다. 나는 인생에 실패했다. 취직도, 결혼도 할 수 없는 나는 앞으로도 이런 삶에서 벗어나기 어려울 것이란 생각이 들었다.

"알았어, 에리코가 그렇게 말한다면 돌아갈게. 그래도 마트에서 산 게 아까우니 이것만 주고 가면 안 될까?"

전화를 끊고 나가 보니 무릎이 튀어나온 바지에 구겨진 스웨터를 입은 아버지가 서 있었다.

"잘 지내지?"

아버지는 어색하게 웃으며 말했다. 아버지 손에서 비닐봉지를 건네받았다. 제법 무거웠다. 커다란 페트병 소주가 밖으로 드러나 있었다. 딸 집에서 도대체 얼마나 마실 생각이었을까?

"그럼…."

아버지는 그렇게 말하고 돌아섰다. 나는 아버지 얼굴을 제대로 볼 수가 없었다. 아버지에 대한 분노라기보다는 제대로 된 삶을 살고 있지 못하는 것에 대한 미안함 때문이었는지 모른다. 불행한 딸의 모습을 보고 기뻐할 아버지는 없을 테니까. 제대로 된 직장에서 일을 하고, 결혼을 하고, 아이가 있는 것이 더 보기 좋았을 것이다.

내 인생이 실패한 것은 누구 책임일까? 다른 누구의 책임도 아닐지 모른다. 다만 그때 나는 부모님을 탓하고 싶었다. 그것은 나의 철없는 어리광일 수도 있었다.

집에 돌아와 봉지를 열었다. 삶은 꼴뚜기와 마른오징어, 복어껍질 같은 것들이 나왔다. 치바에서 혼자 살기 시작하면서 그다지 돈에 여유가 없었던 나는 봉지 안에 든 것들을 보자 나도 모르게 기분이 좋아졌다.

'근데 이건 뭐지?'

1.5리터짜리 페트병 소주였다. 마트에서 본 적은 있지만 산 적은 없었다. 알코올 중독자나 마실 것처럼 엄청나게 컸다.

'술이라면 제법 까다롭게 굴었던 아버지였는데, 이렇게 싸구려 술을 마시는 건가?'

아버지는 경제적으로 여유가 없는 것 같았다. 페트병 뚜껑을 딴 뒤 컵에 붓고 얼음과 물을 넣었다. 컵을 입을 대자 독한 알코올 냄새가 코를 찔렀다.

아버지와 완전히 인연을 끊은 것은 그로부터 1년 뒤다. 아버지를 마지막으로 만난 뒤 나는 치료를 받고 있던 병원 직원의 도움으로 생활보호 대상자가 되었다. 그리고 얼마 뒤, 자살을 시도했다. 암울한 현실이 내게 아무런 희망도 주지 않았기 때문이다.

생활보호 대상자가 되고부터 매월 정해진 액수의 돈을 받을 수 있었다. 그것은 동시에 다른 세계와의 유대가 완전히 끊어진다는 것을 의미했다. 그런 상태에서 홀로 몇십 년을 더 살아야 한다고 생각하자 너무 끔찍했다. 절망에서 벗어나는 길은 죽음밖에 없는 것 같았다.

한꺼번에 많은 양의 약을 먹은 나는 병원으로 옮겨져 인공투석을 여러 번 받았다. 아버지와 엄마는 온몸에 호스를 주렁주렁 달고 있는 나를 불안한 눈빛으로 바라보았다.

"미안해요, 다시는 이런 일 없을 거예요."

나는 마치 대본을 읽듯 무덤덤하게 말했다. 자살을 시도한 딸 때문에 병원으로 달려온 부모님이 안쓰러웠다. 이런 상황에서야 부모님을 만날 수 있는 내가 참으로 딱해 보였다. 엄마와 아버지가 함께 내 앞에 나타난 것도 이때가 마지막이었다. 아이러니하게도 나의 정신병과 자살 시도는 두 사람을 잇는 유일한 끈이었다.

　퇴원한 뒤, 엄마가 사는 이바라키로 갔다. 나는 심한 절망감에 몸부림쳤고, 체력이 많이 떨어져 숨쉬기조차 힘들었다.

　"에리코, 컨디션 좀 어때?"

　내가 걱정이 되었는지 며칠 뒤 이바라키로 온 아버지가 내 안부를 물었다. 아버지의 마음을 이해하지 못하는 것은 아니었지만 아버지를 보자 반가운 마음보다는 화가 치밀어 올랐다.

　"내가 정신병에 걸리고 인생이 이렇게 된 것은 아버지 때문이에요! 아버지가 조금만 더 아버지다웠더라면 이렇게 되진 않았을 거예요!"

　나는 아버지를 향해 독설을 퍼부었다. 아버지는 무척 당황한 표정이었다. 하지만 아버지는 여전히 아버지였다.

　"뭐라고! 지금 그게 부모에게 할 소리야!"

　성질 급한 아버지는 화가 나는지 고함을 질렀다. 나도 지지 않았다.

　"술만 마시고, 폭력으로 가족에게 피해나 주고, 내가 가고 싶은 학교도 못 가게 했잖아요! 한 번이라도 학원에 보낸 준 적 있나요? 난 하고 싶은 걸 한 적이 한 번도 없다고요!"

내 머릿속에 들어 있던 지난날의 원망이 한꺼번에 분출되고 말았다.

"아버지처럼 못난 사람은 가족을 만들지 말았어야 했어요!"

아버지의 얼굴이 시뻘겋게 달아올랐다.

"뭐라고! 넌 누구 덕분에 생활보호 대상자가 되었어? 내가 사인을 했기 때문이야. 다 내 덕분이란 말이야!"

아버지는 분을 이길 수 없었는지 목소리는 더 커졌고 말소리도 빨라졌다. 나는 머리 속의 모든 혈관이 터져 버리는 것 같은 느낌이었다.

"다시는 아버지를 보고 싶지 않아요!"

나는 울면서 소리쳤다. 엄마는 어찌할 바를 몰라 당황한 얼굴로 나를 바라보고 있을 뿐이었다. 아버지는 거칠게 몸을 돌리더니 집에서 나갔다. 그것이 마지막 모습이었다. 그로부터 10년이 지났다. 그동안 아버지는 한 번도 내게 연락을 하지 않았다. 나 역시 마찬가지였다.

그 일이 있은 뒤 다행히 나는 조금씩 건강을 회복했다. 일도 할 수 있게 되었다. 작가로 데뷔하고 난 뒤 엄마에게 아버지 전화번호를 물어보고 전화를 해 보았지만 연결이 되지 않았다. 그 일로 아버지와는 정말로 인연이 끊어진 것 같았다.

그 사건 뒤 아버지와 엄마는 정식으로 이혼했다. 이혼했다고 해서 두 사람이 나의 부모라는 사실에 변화가 생긴 것은 아니다. 그렇지만 아버지는 그렇게 생각하지 않을 수도 있을 것이다.

이혼한 아버지는 우리 가족이 해체되었다고 생각할 것이다. 하지만 우리가 그 좁은 집에서 함께 살았다는 사실에는 변함이 없다. 함께 밥을 먹고 다퉜던 기억은 우리 모두에게 남아 있다. 좋은 기억도 있고 나쁜 기억도 있다. 그런 기억들마저 없었던 것으로 만들고 싶지는 않았다.

가족이 함께 간 오오아라이의 바닷가, 외가가 있던 홋카이도 여행, 아버지와 갔던 경마장과 영화관. 그것들은 내 안에서 여전히 숨쉬고 있다. 내가 얻은 것들은 이 가족 안에 태어났기 때문이다. 미워하기도 하지만 사랑하기도 한다.

문득 고개를 들어 거울을 들여다보았다. 거울에는 아버지도 닮았고 엄마도 닮은 내 얼굴이 비치고 있다. 내가 살아 있는 한 우리 가족의 증거는 사라지지 않을 것이다. 아버지에게 배운 영화와 음악, 엄마에게서 배운 요리와 생활방식. 두 사람이 있었기에 지금의 내가 있는 셈이다.

일어나 창문을 열었다. 겨울바람이 뺨을 어루만진다. 크리스마스에는 엄청나게 멋진 것을 나에게 선물해야겠다는 생각이 든다.

19

가족 이외의
안심할 수 있는 장소

내가 가족과 함께 살았던 도리데는 이바라키 현 남쪽 도네가와 강 하구에 있는 작은 도시다. 근처에 기린맥주와 캐논 공장을 비롯해 여러 공장이 있었다. 그런 공장에서 일하지 않는 사람들은 전철을 타고 도쿄로 출퇴근했다. 도쿄 시내에서 집을 살 수 없는 샐러리맨들이 이 베드타운(bedtown) 도시에서 가족과 함께 살았다.

도리데에서 단독주택에 살 수 있는 사람은 비교적 부유한 사람이었다. 그렇지 못한 대부분의 사람들은 연립주택에 살았다. 우리가 살았던 작은 집도 연립주택이었다. 집세 5만 5천 엔에 방은 거실을 포함해 세 개였다.

우리 네 식구는 그 좁은 연립에서 서로 어깨를 맞대고 살았다. 당시에는 그것이 불행하다고 생각하지 않았다. 그렇게 사는 것이 당연하고, 세상 사람들 모두 나와 비슷한 생활을 하고 있다고 생각했다. 나의 세계는 반경 수 킬로미터 이내에 한정되어 있었고, 네 사람이 함께 사는 것이 답답하기는 했지만 당연한 일이라고 생각했다.

어른이 되어 집을 나와 살게 되면서 어린 시절 그렇게 살았던 것이 결코 당연한 것이 아니었다는 것을 알았다. 그 이상했던 삶의 형태로 돌아가고 싶은 생각도 들지 않았다. 결과적으로 우리 가족의 삶은 비정상적인 형태였기 때문이다. 지금 나는 혼자 살고 있고, 이 생활에 무척 만족한다.

"12시에 도리데 역 개찰구에서 만나."

흔들리는 전철에서 두 달 전부터 사귀기 시작한 남자친구에게 문자를 보냈다. 그는 에덴 바에서 일일 주점 이벤트를 했을 때 가게에 왔다. 그 뒤 몇 번 함께 술을 마셨다. 그러다가 사귀게 되었다. 나보다 다섯 살 적은 그는 온화한 얼굴에 상냥하고 부드러운 남자다.

"늦을지도 몰라. 기다려 줘."

그가 보낸 답 문자를 확인한 뒤 창밖으로 눈길을 돌렸다. 숲은 많고 높은 건물은 드물었다. 역시 시골이구나, 하는 생각이 들었다. 가방에서 책을 꺼내 읽기 시작했다.

오늘은 남자친구와 도리데에 있는 경륜장에 갈 예정이다. 아버지와 여러 번 갔던 경륜장에 한 번 더 가 보고 싶다고 했더니 남자친구가 같이 가겠다고 했다.

도리데는 유치원 때부터 20살 정도까지 약 20년 가까이 살았던 곳이다. 정겨운 도리데 역은 한산했다. 훌륭했던 역 건물은 그대로였지만 역에 들어서 있는 가게들은 모두 바뀌어 있었다. 당시에는 없었던 여러 가게들이 들어서서 원래 모습은 찾기 어려웠다.

내가 그림 도구를 사러 가곤 하던 화방도 없어졌다. 역 앞인데도 빈 상가가 많이 보였다. 많은 사람들이 이 거리를 떠났다는 것이 실감 났다. 같이 학교에 다녔던 친구들도 이곳을 떠나 도쿄에서 살고 있을 것이다. 주위를 두리번거리며 개찰구로 걸어가는데 저만치 우오즈미가 보였다.

"빨리, 빨리! 버스가 떠나려고 해."

역 앞에는 경륜장으로 가는 무료 버스가 운행되고 있었다. 우오즈미와 함께 서둘러 계단을 내려갔지만 버스는 떠나고 없었다. 정류장에는 캐논 공장행 버스가 서 있었다.

"걸어갈 수 있으니 걸어 볼까?"

나는 그렇게 말하고 경륜장 쪽을 향해 걷기 시작했다. 10분쯤 걸어가자 비탈길이 나오더니 '도리데 경륜장에 온 것을 환영합니다'라는 간판이 보였다. 경륜장 마스코트인 토끼가 자전거를 타는 그림이 그려져 있었다. 경륜장 안내 간판을 지나 안으로 들어갔다. 입장료는 없었다.

"옛날에는 돈을 받았던 것 같은데…. 아버지가 2백 엔쯤 냈던 것 같아. 나는 아이였으니까 돈을 내지 않아도 됐어. 오히려 어린 입장객에게는 동물 모양 과자를 주었어. 그걸 받으면 기분이 무척 좋았거든."

우리는 이런저런 이야기를 하면서 안으로 들어갔다.

"어라! 사람이 없네! 오늘 경기가 없나?"

경륜장이 너무 한산해 나도 모르게 그런 말이 나왔다. 경륜장 입구에는 정말 사람들이 없었다. 경륜 신문을 파는 할머니와 손님으로 보이는 아저씨 몇 명이 서성거리는 것이 전부였다.

"경기가 없어 그냥 경주권만 팔고 있나?"

나는 그렇게 중얼거리며 우오즈미와 함께 트랙이 잘 내려다

보이는 관람석으로 가기 위해 계단을 올라갔다. 경주권을 파는 판매점은 여전히 있었지만 안타깝게도 모두 닫혀 있었다.

"에이, 어떻게 된 거지?"

실망스런 표정을 한 채 우리는 한 층 더 올라갔다. 경륜장의 푸른 잔디밭이 보였다. 시야가 뻥 뚫렸다. 큰 트랙 위에서 바람을 가르며 자전거가 달리고 있었다.

"와! 경주를 하고 있잖아!"

내가 기뻐 소리를 지르자 우오즈미도 기쁜 듯이 말했다.

"다행이다!"

경기는 벌어지고 있었지만 관람석은 텅 비어 있었다.

"옛날에는 사람들이 굉장히 많았어. 주변도 엄청 번화했고…."

너무나 쓸쓸히 변해 버린 경륜장 모습에 풀이 죽어 내 목소리도 절로 작아졌다. 옛날에는 바닥에 미당첨 경주권이 눈 온 것처럼 널려 있어 지저분했는데 그런 것도 없었다. 응원하는 사람도 없고, 열기도 없었다. 그래도 모처럼 왔으니 우리는 경륜 신문을 산 뒤 경주권을 사러 갔다.

한적한 경륜장이었지만 매표소 주변은 제법 사람들로 북적였다. 전광판으로 배당률을 보는데 알 수가 없었다. 배당률은 어릴 때도 헷갈렸다.

"우오즈미는 알아?"

전광판을 올려다보며 물었다.

"나도 잘 모르겠어."

우오즈미가 난처한 표정으로 대답했다. 그때 누군가 뒤에서 이렇게 말했다.

"아가씨, 내가 가르쳐 줄게."

돌아보니 긴 영수증 같은 것을 든 아저씨가 서 있었다.

"저 기계에서 경주권을 살 수 있어."

아저씨는 싱글벙글하면서 경주권을 들어 보였다. 아저씨가 가리키는 곳에는 자동발매기가 있었다. 감사의 말을 하고 자동발매기 옆에 비치되어 있는 구매표를 집어 들었다. 구매표의 원하는 칸에 표시를 한 뒤 돈과 함께 자동발매기에 넣으면 경주권이 나오는 모양이었다. 하지만 어디에 표시를 해야 할지 알 수가 없었다. 나는 우오즈미에게 물었다.

"연승식, 복승식이 무슨 뜻이야?"

어렸을 때는 아버지가 가르쳐주는 대로 따라 하면서 살 수 있었는데 어른이 된 지금 오히려 그때보다 더 살 줄 모른다는 생각에 잠시 머리가 멍했다.

"연승식은 1, 2등 선수 가운데 순위에 상관없이 한 명을 맞추는 걸 말해. 복승식은 1등과 2등 선수를 순위에 상관없이 두 명 맞히는 거야."

우오즈미가 나보다 더 잘 알았다.

"우와! 그럼 이건?"

나는 구매표에 적힌 삼복승식을 가리켰다.

"음… 그건 물어봐야겠는걸."

우오즈미는 주변을 두리번거리더니 가까운 카운트로 가서 유니폼을 입은 여자에게 구매표 작성에 대해 물어보았다. 카운트 뒤쪽에서 한 남자가 나오더니 작성법을 자세히 알려주었다. 옛날에는 그런 카운터가 없었다. 손님이 줄다 보니 우리 같은 초보자들을 위해 설치한 모양이었다.

경륜 신문을 보고 분석을 한 뒤 우승 예상 선수를 맞춰야 하지만 처음 왔으니 이번에 새로 출간하는 나의 책 발행 날짜에 맞춰 경주권을 사기로 했다. 발행 날짜는 17일이었다. 내가 1-7에 걸라고 하자 우오즈미가 연필로 표시를 했다. 예전에는 경주권을 살 때 창구 직원에게 돈을 건넸는데 지금은 자동발매기를 이용했다. 옛날에는 아주 흔했던 예상쟁이 아저씨도 없었다.

"예상쟁이 아저씨들은 잘살고 있을까?"

나는 주위를 둘러보며 혼자 중얼거렸다.

"경기가 곧 시작될 모양이야."

우오즈미가 나를 보고 말했다. 우리는 계단을 올라 관람석으로 향했다. 크고 넓은 경주장은 예전과 달라진 것이 없었다. 경륜 선수들은 여전히 훌륭한 허벅지에 멋진 유니폼을 입고 자전거를 타고 있었다. 첫 바퀴는 서로의 움직임을 보듯 천천히 달렸다.

흰색, 검정, 빨강, 파랑, 오렌지, 핑크빛 유니폼을 입은 선수들이 녹색 잔디밭을 배경으로 회색 트랙을 달리기 시작했다. 매끄러운 주행은 옛날과 조금도 달라지지 않았다. 선수들은 거의 소리를 내지 않고 달렸다. 두 바퀴를 돌고 난 뒤 종소리가 울렸다. 앞으로 한 바퀴가 남았다는 뜻이다.

약속이나 한 듯 줄지어 달리던 선수들의 대열이 갑자기 흐트러졌다. 앞으로 빠르게 치고 나가는 선수가 생기면서 뒤로 처지는 선수들이 나왔다. 뒤에 달리던 선수가 갑자기 앞으로 치고 나오기도 했다. 조용하던 경륜장은 아저씨들의 고함 소리로 떠들썩하기 시작했다.

"달려! 뭐 하는 거야!"

응원이라기보다 욕에 가까웠다. 돈을 걸고 지켜보는 경기다 보니 올림픽 경기처럼 멋진 응원은 절대 기대할 수 없는 것이 경륜이다. 나는 100엔밖에 걸지 않았지만 그래도 마음이 조마조마했다.

"안 돼! 점점 뒤로 처지네!"

내가 건 선수는 처음에는 앞서 나갔지만 점점 뒤로 밀려나 3등 안에도 들지 못했다.

"우오즈미는 어때?"

우오즈미는 대답 대신 싱긋 웃었다. 3백 엔이나 걸은 그 역시 나와 사정이 비슷했다.

"우승 예상 확률이 높다고 해도 어디까지나 예상이니까…."

내가 아쉬운 표정으로 말하자 우오즈미가 웃으며 대답했다.

"맞아, 나도 경륜 같은 건 별로 좋아하지 않아. 밥 먹으러 갈까?"

우오즈미는 그렇게 말하고 성큼성큼 앞장서서 걸었다. 경륜장 안에 식당이 있어 좋았다. 관람석 밑에 있는 식당은 작고 오밀조밀해서 정다운 느낌이 들었다. 손으로 쓴 메뉴판 글씨를 보니 모두 맛있을 것 같았다. 라면, 볶음밥, 곱창 정식, 돈가스 덮밥이 눈에 들어왔다. 메뉴판 밑으로 눈을 내리자 식당 이름이 '필승'이었다.

'연승정은 없어졌구나….'

어렸을 때 아버지와 함께 갔던 라면집의 이름이 '연승정'이었다. 아버지가 가장 맛있다고 했던 라면집이었다. 나는 연승정이 없어진 섭섭함을 되새기며 시간의 흐름을 느꼈다.

"난 돈가스 덮밥 먹고 싶어."

내 말에 우오즈미는 라면을 먹고 싶다고 했다. 가게 주인에게 메뉴를 말하고 작은 테이블에 마주 앉았다.

"주먹초밥 나왔습니다."

가게 주인이 다른 테이블에 앉아 있는 손님을 향해 말했다. 플라스틱 용기에 든 주먹 초밥 3개를 200엔에 팔고 있었다.

"대단하다. 주먹초밥을 저 값에 팔다니!"

나도 모르게 그렇게 말했다. 나는 소박하고 조금은 지저분한 듯한 이런 식당이 좋다. 돈가스 덮밥은 약간 싱거웠지만 맛있었다. 무엇보다 밥 위에 덮어 놓은 반쯤 읽힌 달걀 프라이가 좋았다.

"너무 맛있어."

나는 돈가스 덮밥을 한입 먹으며 말했다.

"여긴 술은 팔지 않는 것 같아."

우오즈미는 그렇게 말하고 아쉬운 표정으로 스마트폰을 들여다보았다. 도리데 경륜장은 일본에서 유일하게 술을 팔지 않는 경륜장이었다.

"다음에는 나카야마 경마장에도 가 보자. 거기라면 술을 팔지 않을까?"

내 말에 우오즈미는 라면 국물을 떠먹으며 말했다.

"그래, 큰 경주 때 가 보자."

맛있게 밥을 먹은 우리는 다시 경주권을 사서 한 번 더 도전했다. 하지만 역시 맞히지 못했다. 그다음 경기도 마찬가지였다. 연속 세 경기를 했지만 한 번도 맞히지 못하다 보니 흥미가 시들해졌다.

"기적이라도 일어나면 모를까 무리인 것 같아."

나는 맞히지 못한 경주권을 흔들며 말했다.

"맞기라면 하면 깊이 빠져들 수 있으니 어쩌면 다행이라 할 수 있어."

우오즈미가 싱글벙글하며 말했다. 넓은 경륜장 트랙을 보며 나는 경륜이 재미없다는 것이 서글펐다. 처음으로 스스로 왔는데 조금도 흥미가 생기지 않았던 것이다. 아버지는 모니터 화면으로 보면서도 경륜을 재미있어 했다. 물론 나는 도무지 이해할 수 없었다. 그리고 보니 아버지는 권투도 좋아했는데 역시 그 이유를 잘 모르겠다. 나와 아버지는 많이 달랐던 것 같다. 나는 아버지와 닮은 부분이 많다고 생각했는데 그게 아닐 수도 있을 것 같다.

"다음 주에는 기타센주에 갈 거지?"

우오즈미가 확인하듯 말했다. 그는 술을 좋아한다. 특히 대중 술집이나 싼 곳이 몰려 있는 곳을 좋아한다. 도쿄의 옛 모습을 잘 간직하고 있는 기타센주에는 그런 가게들이 많다.

"물론 가야지."

우오즈미의 손을 잡고 역으로 향했다. 우오즈미와 나는 취미가 비슷하다. 좋아하는 술도, 좋아하는 책도 비슷하다. 아버지보다 비슷한 점이 더 많다. 무엇보다 함께 있으면 무척 편안하고 안심이 된다. 진짜 가족이란 집 안에 있는 것이 아니라 집 밖에 있는지도 모른다.

20

새
로
운
가
족

요즘 나는 '가족'이나 '가부장제' 같은 주제의 책을 자주 읽는다. 내가 사로잡혀 온 것이 무엇이었는지에 대한 답을 알고 싶기 때문이다.

근대 가족의 역사는 의외로 짧다. 백 년도 채 되지 않는다. 옛날에는 그렇게 부유하지 않은 집에도 하녀가 있었다. 아이들을 고용살이로 내보내는 일도 흔했다. 옛날에는 집안에 가족 이외의 다른 사람이 들어와 같이 사는 것이 자연스러웠다는 뜻이다. 하지만 근대 들어 가족 말고 다른 사람이 집 안에 들어와 같이 사는 것은 특별한 경우다.

아버지를 중심으로 호적을 만들고 핏줄끼리 모여 사는 시스템이 그렇게 오랜 역사를 가진 것이 아니라 최근에 완성된 것임을 생각하면 혹시 핵가족이란 불안정한 것이 아닐까, 하는 생각이 든다.

가부장제는 아버지를 정점으로 구성된 한 가족을 가리키는 말이다. 남자는 귀하고 여자는 천하다는 생각의 출발점이기도 하다. 이 시스템 안에서는 아버지는 돈을 벌고 어머니는 집안일을 한다. 아내는 남편이 밖에 나가 일을 하고 돈을 잘 벌어올 수 있도록 늘 집 안을 쾌적한 상태로 유지해야 한다.

하지만 집안일과 육아가 여자들의 고유한 업무라는 사실을 나는 받아들일 수 없다. 사실 나는 집안일과 육아는 부부가 함께 하는 것이라 생각한다. 그리고 여성도 일을 해야 한다고 생각한다.

지금은 맞벌이 부부가 많지만 여전히 전업주부로 남아 있는 여성들도 많다. 그렇지만 여성이 일을 해 스스로 경제적으로 독립하지 않으면 예기치 않은 상황에서 아무것도 선택할 수 없는 상황에 놓이고 만다. 극단적으로 말해, 남편에게 상습적인 폭력을 당해도 집을 벗어날 수 없다. 설사 벗어난다 해도 먹고살 길이 없다. 그렇다 보니 다시 지옥 같은 집으로 돌아가야 하는 경우가 생긴다. 이것이 독립성을 잃어버린 여성이 겪어야 하는 운명이다.

일본의 주부는 법적으로 잘 보호받고 있다. 일을 해서 돈을 벌더라도 남편의 수입 범위 내라면 세금 혜택도 많다. 일하는 남편의 아내라는 이유만으로 국민연금이나 건강보험 혜택도 받을 수 있다. 이러한 제도가 얼핏 보면 주부로서의 여성을 보호하는 것 같지만 결국 여성의 삶의 방식을 수동적으로 만들고 입지를 좁히는 것이라 할 수 있다. 서점에 있는 수많은 책에서 공통적으로 지적하고 있는 문제이기도 하다.

나의 엄마 세대에는 결혼하는 것이 당연한 시대였다. 자기 일을 하고, 자기 인생을 사는 여성은 흔치 않았다. 대부분 결혼을 해서 가정주부가 되었다.

일반적으로 결혼은 축하하고 기뻐할 일이지만 나는 꼭 그런 것만은 아니라고 생각한다. 누군가와 함께 산다는 것은 궁극적으로 스트레스에 노출되는 상황으로 들어가는 것이기 때문이다. 무엇보다 일본의 가족 제도에서는 남성보다 여성이 절대적으로 더 강한 스트레스 상황 속으로 들어가는 것이 결혼이다.

기본적으로 일본 여성은 남성의 호적에 들어간다. 여성은 자신의 성을 버리고 남편의 성을 따름으로써 남의 집 사람이 되어야 한다. 한마디로 여자는 얻는 것이 거의 없다고 할 수 있는 것이 일본의 결혼 제도다. 그런데도 여전히 결혼을 하지 않고 혼자 사는 여자를 사람들은 이상한 눈으로 바라본다.

나는 10년 이상 아버지를 만나지 못했다. 오빠를 만난 지도 그 정도 된다. 오빠에게는 딸과 아들이 있지만 역시 만나지 못했다. 조카들이 어린 아기일 때 한 번 안아 본 뒤로 연락을 하지 않고 지내기 때문에 조카들은 나의 존재를 모를 것이다.

엄마와는 1년에 한 번 정도 만나려고 하지만 최근에는 그마저도 힘들어지고 말았다. 안타까운 마음에 생일날 선물을 사 드리고 새해에 엄마를 찾아가곤 하지만 내 안에는 어렸을 때 엄마의 사랑을 받지 못한 것이나, 오빠의 폭력으로부터 나를 보호해 주지 않았던 것이 생각나 엄마는 여전히 내게 불편한 존재다.

엄마는 최근 작가로서의 내 활동을 응원해 주고 칭찬해 주고 있다. 하지만 그렇게 기쁘지 않다. 나는 어릴 때 엄마에게 칭찬 받고 싶었다. 엄마와 더 친밀해지고 엄마에게 나의 가치를 인정받고 싶었다. 지금 엄마에게 칭찬을 받아도 기쁘지 않은 것은 엄마 말고도 내 존재를 알아주는 사람들이 주위에 많기 때문이다.

나이가 들면서 엄마나 아버지의 존재감이 점점 작아지는 것을 느낀다. 실제로 내 주위에는 재미있는 사람들이 많다. 글을 써서 돈을 버는 사람도 있고, 멋진 직장에서 높은 지위를 가진 사람들이나 지식이 풍부한 사람들을 비롯해 다양한 능력과 취미를 가진 친구들이 많다. 그들은 저마다 내게 이렇게 말한다.

"에리코 씨는 재밌어요."

"에리코 씨는 재능이 많아요."

"누구누구는 에리코 씨를 천재라고 하더군요."

그들은 내가 듣고 싶어 하는 말을 해 준다. 내 존재를 있는 그대로 인정해 준다. 외로울 때 연락하면 기꺼이 달려와 같이 밥을 먹어 주고, 함께 술을 마셔 주기도 한다.

말했듯이 나는 정신질환을 앓은 적이 있다. 그 경험 때문에 가족 중에 정신적으로 힘들어하는 누군가가 있는 사람이나, 정신적으로 힘들다고 느끼는 친구들로부터 상담 요청을 받기도 한다. 그런 일들이 생기면서 나는 내가 정신질환을 앓은 것이 헛되지 않았으며 서로 도울 수 있는 친구가 많아졌다는 사실에 무척 보람된 삶을 살기 시작했다.

지금 나는 아버지도, 엄마도, 오빠도 없다. 하지만 친구가 있으니 살아가는 데 아무런 어려움이 없다. 내 주위에 있는 친구들은 마치 큰 가족과도 같다. 가족에게만 의지하던 어린 시절, 나는 고독했고 사랑에 굶주려 있었다.

하지만 내가 기대고 의지할 수 있는 사람들이 많아진 지금, 나는 내 고독을 치유할 수 있는 방법도 많이 갖게 되었다. 나는 지금 혼자 살고 있지만 가족과 함께 살 때보다 외롭지도 않고, 더 행복하기만 하다.

오늘은 12월 28일 토요일이다. 어제 종무식이 있었다. 오늘은 평소보다 조금 늦게 일어나 샤워를 한 뒤 세탁기를 돌렸다. 냄새나는 이불을 베란다에 말리고, 세탁한 옷을 건조대에 널고 나서 청소기를 돌렸다. 청소기는 집에서 나올 때 엄마가 사 준 것이다. 몇천 엔밖에 하지 않는 싸구려지만 고장 나지 않고 지금도 잘 돌아간다.

빨래 개는 것이 귀찮아 평일에는 마른 빨래를 방 한쪽에

쌓아 둔다. 그것에 대해 불평하는 사람은 아무도 없다. 빨래 더미에서 입을 옷을 고르는 것은 익숙한 내 일상이다. 하지만 휴일이 되면 달라진다. 시간에 여유가 있기 때문에 빨래 더미에 손을 뻗어 하나하나 정성스럽게 갠다.

내가 집안일을 하는 방식은 엄마가 하던 것과 비슷하다. 가장 가까이 있었던 엄마는 여러모로 나의 모범 답안이었다. 물을 뿌려 화장실 변기를 청소하고 마지막에는 마른걸레로 물기를 닦아 낸다. 그다지 더럽지 않은 곳부터 닦아 내기 시작해 마지막으로 가장 지저분한 곳을 닦는다. 그렇게 하면 만족스러울 만큼 깨끗해진다. 누구에게 배웠는지 기억나지는 않지만 아마 엄마에게 배웠을 것이다.

스마트폰의 알람이 소리를 내며 울린다. 중고장터에 내놓은 책들이 팔렸다는 신호다. 목록을 확인하고 우체국에 가서 보내면 된다. 내친김에 책장을 들여다보며 필요 없는 책을 팔아치우려고 몇 권을 뽑아냈다. 어렸을 때부터 나는 책이나 만화를 좋아했다. 보고 싶은 책이 있으면 사서 읽다 보니 어느 순간 엄청난 책들이 쌓이고 말았다.

그러고 보니 아버지도 책과 만화를 좋아했다. 아버지가 좋아한 만화잡지는 『빅코믹』과 『빅코믹 스피리츠』다. 나는 어릴 때 그 시리즈를 많이 읽었다. 오빠가 사 오는 『점프』와 『매거진』도 호기심 가득한 채 읽었다.

　내 책장에는 아버지 책장에서 슬쩍 빼내 온 책도 몇 권 있다. 쓰쓰이 야스타카의 『단필 선언에의 궤적』, 사카구치 안고의 『타락론』, 아쿠타가와 류노스케의 『난쟁이 어릿광대의 말』 같은 것이 그런 책들이다. 내 안에는 아버지가 좋아했던 작가의 사상이 혈육처럼 담겨 있다.

　지금 내게는 두 대의 게임기가 있다. '닌텐도 스위치'와 '소니 플레이스테이션4'다. 오빠는 게임을 무척 좋아해 늘 게임을 했다. 여동생인 내게는 좀처럼 기회를 주지 않았다. 나는 늘 오빠가 게임하는 것을 옆에서 지켜보아야만 했다. 그 욕구 불만 때문인지 어른이 된 뒤 나는 게임기를 사서 즐겨 놀곤 한다.

　가족은 정말 싫었지만 그 가족이 없었더라면 지금의 나 역시 없었을 것이다. 우리 가족은, 집이라는 무대에서 정말 우스꽝스러운 연기를 했다. 관객도 없고, 스포트라이트도 없는 극장에서 필사적으로 가족을 연기했지만 결국 망가지고 말았다.

연극 단장은 떨어져 나갔고, 무대는 망가졌으며, 단원들은 뿔뿔이 흩어졌다.

즐거운 일이나 기쁜 일도 있었지만 기본적으로 우리의 가족극은 비극이었다. 아버지 책장에 있던 아쿠타가와 류노스케의 『난쟁이 어릿광대의 말』 중에 이런 구절이 있다.

'인생의 비극 1막은 부모와 자식이 된 데서 비롯된다.'

정말 맞는 말인 것 같다. 다른 사람이 비집고 들어갈 수 없는 가족이라는 폐쇄된 공간은 지배를 낳고, 지배가 형성되면 미움이 싹튼다. 아버지를 정점으로 한 우리 가족은 불행했다. 아쿠타가와를 좋아했던 아버지도, 우리 가족이 연기해 낸 가족극은 비극이었다고 생각하지 않을까.

그렇지만 아버지가 가족을 만든 것은 그 운명을 극복하고 싶었기 때문인지도 모른다. 나는 초등학교 때 어떤 교과서에서 읽은 문장을 아직도 기억하고 있다.

'인간에게는 자신이 아이로 자란 가족이 있고, 다음으로 어른이 되면 만들 수 있는 가족이 있다.'

무슨 과목 책이었는지 기억은 나지 않지만 어른이 되면 가족을 선택할 수 있다는 글을 읽고 나는 희망을 보았다. 초등학생 시절 책상 위에서 먼 미래를 꿈꾸었던 셈이다. 아버지도 엄마도 오빠도 없는 나의 새로운 가족, 그 힘든 시기에 내게 용기를 준 것은 누구도 상상할 수 없는 가능성으로 가득 찬 미래였다.

저녁에 남자친구가 집에 올 것이다. 우리는 연말연시를 함께 보낼 계획이다. 올해는 엄마에게 가지 않을 생각이다.

컴퓨터를 켜고 원고를 쓰기 시작한다. 작가로 데뷔한 지 3년이 지났다. 작가가 되면 좀 더 화려할 줄 알았는데 나는 여전히 가난하고, 변변찮은 날들을 보내고 있다. 올해 단행본 두 권을 냈다. 내 처지에서는 아주 잘한 편이라고 생각한다. 내년에는 좀 더 분발해 보고 싶다.

원고를 썼더니 배가 고프다. 냉장고를 열어 시든 배추와 당근을 꺼냈다. 적당히 자른 뒤 기름을 두른 프라이팬에 볶고 소금과 후추를 뿌렸다. 그사이 작은 냄비에 물을 넣고 끓였다. 물이 끓자 라면과 액체 스프를 넣고 버터도 한 조각 넣었다. 끓인 라면 위에 볶은 야채를 올리고 혼자 후루룩 먹었다. 전보다 나아진 것 같지 않은 날들이지만 그 매일이 너무 사랑스럽다.

남자친구에게 메시지를 보내자 곧바로 답이 왔다.

나는 이 사람과 가족이 될 수 있을까? 된다면 어떤 가족이 될까?

이번 가족극은 비극이 되지 않았으면 하는 생각이다. 서로를 위하고, 서로를 이해했으면 한다. 눈앞에서 많은 관객들이 나를 보고 있다. 나는 내가 살아가는 모습을 많은 사람들에게 적나라하게 보여 줄 것이다. 나의 일과 인생은 이제 막 시작할 참이다. 자, 막이 오른다.

당신은 당신의 과제를, 나는 나의 과제를

인간은 스스로 선택할 수 없는 것이 있다. 그 가운데 하나가 가족이다. 나는 내가 자란 가정이 행복했다고 생각하지 않는다. 그렇다고 불행하기만 했다고도 생각하지 않는다. 어느 가족이나 많든 적든 문제가 있기 마련이다. 그리고 그것은 본인만의 문제는 아닐 것이다.

우리 아버지 역시 그렇다. 할아버지는 젊은 시절 전쟁터에 끌려갔다. 혼자 두 아이를 키워야 했던 할머니는 밤에도 일을 하러 나가야 했다. 어린아이였던 아버지와 고모는 돌봐 줄 사람이 없는 집에서 외롭고 무서운 밤을 보내야 했을 것이다. 엄마도 마찬가지다. 엄마는 과자 가게를 하던 집에서 자랐다. 아주 어릴 때부터 과자 가게 일을 도우며 자랐을 것이다.

괴로움이나 슬픔은 다른 사람과 비교해서 결정되는 것이 아니다. 당사자가 어떻게 느끼느냐에 따라 결정된다. 부유한 집에 태어나 불평거리 없이 자랐는데도 죽고 싶어 하는 사람도 있을 것이다.

나는 내 가족을 버리고 싶어 하지만 아직도 버리지 못하고 있다. 버렸다고 생각하면서도 이내 쓰레기통을 뒤져 꺼낸 다음 먼지를 털어 슬그머니 서랍에 집어넣는다. 그러고는 시간이 흐른 뒤 다시 쓰레기통에 버린다. 정말이지 그런 나 자신에게 짜증이 난다.

앞으로 아버지와 연락할 일은 없을 것이다. 오빠와도 화해할 일은 없을 거라 생각한다. 각오는 되어 있지만 과연 그것이 가능할지, 아직은 답이 나오지 않는다. 이대로 세월을 거듭해 아버지가 돌아가신 것을 어디선가 알게 되었을 때, 내가 괜찮을지 불안하기도 하다. 하지만 재회는 어렵다고 생각한다.

지금 사귀고 있는 남자친구와 동거 이야기가 나오고 있다. 그쪽 사정도 있기 때문에 조금 시간이 걸릴 수도 있지만 언젠가는 같이 살게 될 거라 생각한다. 하지만 같이 산다고 생각하면 조금 무서운 생각이 든다. 가정이라는 블랙박스는 외부의 눈길이 닿지 않고, 그 안에서 무슨 일이 벌어져도 주변의 도움을 받기 어렵다.

누군가와 함께 산다는 것은 상대방에게 의존한다는 것을 의미한다. 의존한다는 것은 자신이 가진 힘을 잃어버린다는 뜻이다. 지나친 생각일 수도 있지만 이혼을 하고 싶어도 경제적인 이유로 포기하는 여성이 많은 현실을 감안하면 나의 이런 생각이 그렇게 엉뚱하지만은 않다고 생각한다.

다만, 그럼에도 지금은, 그 사람의 가슴에 뛰어들어 인생을 함께 해 나가고 싶다. 엄마나 다른 여자들이 그렇게 결단했던 것처럼 말이다.

이 책을 쓰는 동안 나 자신의 지난 삶을 되돌아보았다. 동시에 세상의 구조도 조금은 생각해 보았다. 산다는 것은 결코 쉽지 않다. 어려운 문제이고, 답도 하나가 아니다. 그럼에도

지금은, 내게 주어진 '인생,이라는 수수께끼를 풀어 나가고
싶다.

　그런 가족의 품에서 태어난 것, 좁은 집에서 어깨를 맞대며
살았던 시절, 그 모든 것들이 헛된 것이 아니라 분명히 의미가
있었고, 그것이 지금의 나를 형성하고 있다. 그리고 그 경험으
로부터 배워야 할 과제도 분명 있을 것이다.

　이 책을 끝까지 읽어 주신 분들에게 감사드린다.
　독자 여러분이 이 책을 읽고 자신의 가족에게 주어진 과제
를 찾을 수 있기를 바란다.

- 고바야시 에리코

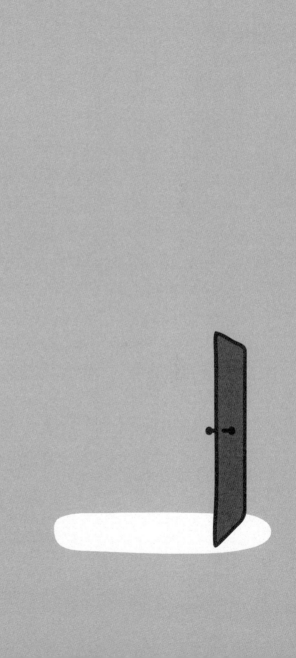

옮긴이 정재선

대학에서 한국사를 전공했다.
20년 넘게 일본어관광통역안내사로 일하며 다양한 분야의 통역을 맡았다.
현재는 전문 번역가로 활동 중이다.

당신과 닮았을지도 모를 _ 나의 가족 이야기

가족, 버려도 되나요?

초판 1쇄 펴냄 2021년 7월 30일

지은이 고바야시 에리코
옮긴이 정재선

펴낸이 안동권
펴낸곳 책으로여는세상

출판등록 제2012-000002호
주소 (우)410-912 경기도 양평군 강상면 강상로 476-41
전화 070-4222-9917 | **팩스** 0505-917-9917 | **E-mail** dkahn21@daum.net

ISBN 978-89-93834-58-1 03830

책으로여는세상
좋·은·책·이·좋·은·세·상·을·열·어·갑·니·다